清明

阿惠 著

红旗出版社

图书在版编目（CIP）数据

清明 / 阿惠著 .
-- 北京：红旗出版社，2014.7（2024.7 重印）

ISBN 978-7-5051-3171-2
Ⅰ . ①清… Ⅱ . ①阿… Ⅲ . ①长篇小说—中国—当代
Ⅳ . ① I247.5

中国版本图书馆 CIP 数据核字（2014）第 163906 号

书　　名　清明
著　　者　阿惠

责任编辑	丁　鋆	封面设计	周天宁
责任校对	郑梦祎	责任印务	金　硕
出版发行	红旗出版社		
地　　址	北京市沙滩北街 2 号	邮政编码	100727
	杭州市体育场路 178 号	邮政编码	310039
编 辑 部	0571-85310806	发 行 部	0571-85311330
E-mail	rucdj@163.com		
法律顾问	北京盈科（杭州）律师事务所	钱　航　董　晓	
图文排版	浙江新华图文制作有限公司		
印　　刷	杭州高腾印务有限公司		
开　　本	880 毫米 ×1230 毫米	1/32	
字　　数	174 千字	印　　张	9.125
版　　次	2014 年 7 月第 1 版	印　　次	2024 年 7 月第 2 次印刷
ISBN 978-7-5051-3171-2		定　　价	48.00 元

夢裏河山

杜鵑啼血

與君相兌

生死契闊

春分后十五日
斗指乙
爲清明
時萬物皆潔齊而清明
蓋時當氣清景明
萬物皆顯
因此得名
——《歷書》

目录

第一章

1

江南，在一片波涛起伏的山丘之中有一块小小的地坪，名曰桃源坪。坪北面的山脚下坐落着一个村庄，名曰紫阆，取其“紫府洞天，阆苑仙境”之义，这里一共散落着百来户人家。

山村背傍一座藏绿山，山上常年烟雾缭绕，一条潺潺流淌的若耶溪越村而过，碧水流芳，溪边芳草离离。若是天气晴好，便能见那藏绿山倒映于水中，山随波动，云由水生，景色十分怡人。有诗云：别梦依依曲水家，吴江枫落夕阳斜；多情只有耶溪月，犹为愁人照晚花。

村西麓的山脚下，坐落着两间土灰墙的青瓦房。小瓦房坐北朝南，门前一处小小院落，院落东隅长有一株玉兰树，冠高十余米，初春时开一树洁白的花朵，清香满院，入秋则变成绿叶红果，饶具风姿，这里便是伊的家。据说伊出生时，有一只喜鹊飞落在玉兰树上啼鸣不已，接生的阿婆说这是个好兆头，囡儿以后一定会有个好的归宿。俗话说，一方水土养一方人。这青山碧水之中孕育出的小小精灵，自打离开襁褓起，便出落成一副伶俐可人的模样——眸子跟若耶溪的溪水一般清澈，脸蛋跟剥了皮的杏仁一般娇嫩。村里好心的大婶对伊的母亲断言："这丫头是个美人坯子，长大后你们能享福了。"

听了这番话，母亲心里乐滋滋的，回家后把这话传递给伊的父亲，父亲却有另外一层想法："嫁出去的女儿泼出去的水，以后哪还会记得我们！"

六岁那年，伊背起书包到一里开外的小学堂去上学，书包其实是母亲用一块旧帆布缝成的布袋，再缀上两根带子而已，而小学堂也只是位于桃源坪一角的一座祠堂。

伊喜欢小学堂，青石板的地面诉说了年代的老旧，拆了神像的大殿保持着一份神秘的庄严，伊的教室宽敞明亮。学堂的周围栽满桃树，桃花开时，远远望去桃源坪一角笼罩在一片粉红当中，这是伊最为喜欢的景致，可村民们对此都熟视无睹。

伊的老师是一个戴眼镜的慈祥老人，老人被公认为是村子里最有学问的人，除精通四书五经之外，还懂点医卜之术，并写得一手好隶书。据族谱记载，其祖父乃是前清的秀才，之所以没来得及赶上光宗耀祖，是因为后来改了朝换了代。老先生家居大屋宅左侧，门朝一口小池塘。每逢腊月二十三，也就是俗称的小年，便使人把一张赭红色的八仙桌抬到塘边槐树下，一溜的笔墨纸砚排列整齐，一块黝黑发亮的红木镇纸压着厚厚一叠洒金大红纸，村里人一看这阵势就知道王老先生要动笔写春联了。伊早早就会赶过来帮先生研墨，自伊入学后这似乎成了两人之间的默契。未几，站立有时的老先生略略欠身，饱蘸浓墨，挥起一支如椽大笔，一个个遒劲的大字跃然纸上。甫一收笔，围绕在周边的村民，便井然有序地上前来拱手道谢，个个手举一副春联乐呵呵地往回走。这是王老先生的高光时刻，他借助笔墨将一个个美好的祝福赐予善良的乡亲，内心亦感到无比慰藉。

伊在学堂里是个文静的女孩，写的字和伊一样秀气，为此没少得老先生的赞许，只不过先生的赞许更多停留在脸上。倒是有一回，老先生对着班上几个吵吵嚷嚷的孩子慨叹道：“唉！如果你们都能像王小娟一样，我就省心了！”这是作为教师对学生的一句高评。古语云：今有璞玉在此，虽万益，必使玉人雕琢之。当时王老先生就怀了充当这玉人的心意，可惜事情的发展往往非人之所愿。

伊听母亲说过，自家的名字就是王老先生给取的。伊的小名叫娟娟——秀丽而美好的意思。

若耶溪上架设着一座青石板的小石桥，桥墩的斑驳来自溪水有力的冲刷，一些原始的青苔在石壁上悄然蔓延，平添了岁月的皱褶。

过了小石桥，靠近村口的地方长有三棵千年大樟树，躯干伟岸，盛夏时铺一地浓荫于溪畔，成为村民劳隙间乘凉憩息的好场所。

伊每天一放学就匆匆往回赶，一过小石桥便解下书包放在樟树脚下，然后在附近一处茅草丛中找出事先藏好的镰刀，割好一大捆羊草后才回家。伊必须这么做，上学前父亲曾交代过："要想念书得把家里几只羊养大了，卖了可交来年的学费。"

大樟树躯干上留有许多细小的洞孔，是早年日寇进山清剿时所留下。伊贴在洞孔上张望过，依稀能见到里面黑锈的脏物。当然，历经磨难的大樟树没有丝毫萎缩的迹象，年年照样枝繁叶茂，而羊群在伊的饲养下也很听话。每到星期天，伊便赶着羊群去溪边吃草，看着它们一天天长大，伊心里就对未来充满了无限希望。

伊的父亲是个老实巴交的庄稼汉，中等个头，一张棱角分明的黝黑脸庞，其貌不扬。除了侍弄庄稼外，父亲还懂点民间偏方，乡下人称为“草头郎中”。平日里左邻右舍有个头疼脑热的几贴药下去就能完事，这也让父亲在村民中享有一定的敬誉，然而这样的光阴并不长。伊读二年级时，父亲在一次采药途中跌伤了腰，重点的体力活吃不消干了，这对一个庄稼人来说是致命的，平日只能到田间地头干些轻微的活，生生把一副家庭的重担压在母亲身上。好在母亲也是庄户人出身，年轻时虽长得标致倒也没有娇生惯养，挑得起担下得了地，在母亲操持下一家人还能够温饱度日。

腰伤初始，不能去采药的父亲像丢了魂。傍晚时分，伊常常看到父亲独个儿端着饭碗踱到院子中，边吃边眺望着远方黑漆的山峦，那眼神就像娟娟看着小羊一样，充满了眷恋与不舍，最后总是神情黯然地踅回屋内。

转眼间伊弟弟也到了入学的年龄。

星期天的傍晚，夕阳把最后一抹殷红挂在天际，作为向这一天的道别。伊把羊群赶进羊圈后，费了番周折，将四处闲逛的几只芦花鸡关进鸡舍。这时，坐在门口纳鞋底的母亲叫住了伊：“娟娟，过来，妈给你说个事。”

伊长这么大还未听母亲用这种口气跟自己说过话，心里好生奇怪，于是过去坐在门槛上，一双小手托着下巴只待母亲发话。

母亲停住手中的活计，低头半晌却没吱声，不过最后还是开了口："娟娟，明天起你能不能不去读书了？"

母亲话音未落，伊的眼泪哗一下流了下来。伊仰着小脸用一种十分委屈的眼光盯着母亲。做母亲的忙腾出手来替伊抹眼泪，一边抹一边声音嘶哑地自辩："不是妈狠心呀！娟娟，不是妈狠心……"

伊记不清母亲絮叨了什么，但心里清楚自己说什么也没有用了，因为伊知道与弟弟相比谁个在父母心中更重要。伊幼小的心灵并不知晓这将意味着什么，但一种被遗弃的伤心却让伊在尔后的日子里一直失魂落魄。

伊没勇气再去学堂，到第二天晚上，王老先生串门来了。伊正在灶头烧开水，眼睛被灶膛冒出的柴烟熏得不时流眼泪。伊听不清他们在说些什么，只听得王老先生和父亲絮叨了好长一段时间，有几回老先生嗓门颇高，显得有点激动，而父亲只一味唯唯诺诺地应和。到最后，伊听到先生重重地叹了口气……伊起身拿热水瓶时，发现老先生已经出了门，又惊讶地发现父亲额头青筋毕露，睇过来一眼，眼光中含有一种说不出来的愧疚。

放羊，成了伊对未来日子的一种寄托，有着实实在在的意义。夏日夜晚还要为做作业的弟弟打蒲扇，驱赶身边的蚊子。弟弟喜欢吃螃蟹，做姐姐的有时会下到若耶溪里去捉。小螃蟹喜欢躲在石头底下，每每搬开几块石头就能捉到，有时候一块石头底下就有好几只，让伊一阵手忙脚乱。母亲将捉来的小蟛蟹和了面粉，放入油锅一炸，再撒入点盐花，就有了一张黄澄澄、香喷喷的面饼，这是童年里最让伊高兴的事之一。伊会分到其中一角，其余都让馋嘴的弟弟一人独享了。伊一点也不感到委屈，在伊幼小的心灵里，凡事让着弟弟一份，这是天经地义的道理。

每当夕阳西沉的时候，伊都能望见以前的同学兴高采烈地从小石桥上过来的情景，伊的眼睛中充满了无限羡慕，有时候手里捏着把青草整个人就呆在了溪畔。

伙伴中有一位叫仲文，是村长家的小儿子，长得像根毛竹竿——又高又瘦，伊不太喜欢他，因为他和他哥仲武一样喜欢作弄人。另一位长着憨厚圆脸的，单名一个涛字，身边一只叫“大灰”的狼狗总跟他形影不离。村里人叫他八哥，因为他学八哥鸟叫的声音很像。

八哥的母亲是个生性泼辣的寡妇，丈夫几年前替别人家的新房上梁时摔死了，所以学堂里八哥最记恨人家提父亲的名谓，谁拿这个取乐他只有挨揍的份儿，仲文就吃过一次亏，以后再没敢招惹他。八哥这人不坏，会趁别人不注意时把梨子或杨梅什么的偷偷塞在伊的课桌下。“八哥！八哥！”伊也这么叫他，伊一叫他就笑，笑起来眼睛眯成了一条缝。伊离开学堂后，八哥俨然成了弟弟的保护神，有他在，没有一个同学敢欺负弟弟，因为八哥身子骨壮实，作为砖瓦匠的后代，这多少有点遗传的因素。大灰是他父亲在世时从山外带来的，现在，这成了八哥对父亲唯一的念想，容不得别人怠慢。大灰很听话，八哥进学堂后，它独自在坪上玩耍；放学时，只要八哥站祠堂门口一声呼哨，大灰立马飞奔而来。

八哥常来找伊玩，有回捉了一只漂亮的翠鸟来，这种鸟的巢筑在岩缝里，很难捉到。八哥在鸟爪上系了根细细的绳子，自个儿在草地上跑来跑去，像放风筝一样想把鸟儿放到半空中，大灰也撒着欢儿来回奔突。伊兴致勃勃地看着他们玩，但翠鸟总是飞着飞着就一头栽下来，伊心有些不忍。

“八哥，还是放了吧！”伊喊。

“放了？哪有这么容易！你瞧！”八哥收住脚，嘟着嘴捋起右臂上的衣袖，胳膊上爬着几条蚂蟥似的血淋淋创口，这是抓鸟时被有刺的灌木划破的。

“呀！疼不疼啊？”伊一声惊呼。

“没事！”八哥拍拍自己厚实的胸脯。

“等我一下。”伊跑开了。

伊回来时一张小嘴里不知嚼着什么东西。“把胳膊伸出来。”伊说话有点含混不清。

八哥听话地把受伤的胳膊伸出来。

伊把嚼烂了的马兰头吐在手心，轻轻敷在创口上。“等会就好了。”伊蛮有把握。

“你先拿去吧！”八哥一只手捂着胳膊不能再玩，想把翠鸟让给伊。

“我不，它会摔死的！”伊把两手背在身后退后几步，眼睛窥着八哥拿绳的手。

“那好吧！”见伊有些不高兴，八哥万分不情愿地把绳递给伊，“你爱怎么着就怎么着好了！”

这下伊开心了，赶紧上前去把鸟绳接过来，收拢后，爱怜地轻轻抚摸着翠鸟漂亮的羽毛，然后解开了绳结，双手捧着翠鸟往空中一抛——“飞吧！”两人异口同声地喊。

离开束缚的鸟儿箭一样向藏绿山飞去，一会儿工夫就不见了，伊笑吟吟地望着翠鸟飞去的山林。

“唉！就这样没了！”八哥叹了口气，满脸懊恼。

同学中除了仲文和王涛，还有一位叫春兰，是伊穿开裆裤时就结下的好朋友。

放学后春兰常跑来和伊一块儿踢毽子，伊的毽子踢得好，踢起来很难有让它落地的机会，伊踢一下嘴里唱一句，唱的是民间用于记数的歌谣：“燕子燕，飞过天；天门关，飞过山；山头白，飞过麦；麦头摇，飞过桥……”伊两条小辫子跟着节拍一甩一甩，春兰眼巴巴蹲在一边看，伊有时不忍心，踢一会儿故意让毽子落了地，好给春兰一个踢的机会。

伊最不愿看到王老先生过桥，不知什么原因，每当这时伊会转身装作去吆喝羊群："去，去！到那边吃去！"

刚入学的弟弟有时会问一些很幼稚的问题，有一次弟弟问："姐，为什么月亮有时候是圆的有时候是弯的呢？"

做姐姐的说不出来，只好这样骗他："月亮生气时是圆的，月亮高兴时就弯了。"

"哦！"弟弟恍然大悟。

日复一日，伊细心照看着羊群。转眼间弟弟已升入三年级，有一天伊替弟弟整理乱七八糟的杂物时，发现了一些丢弃的书本。伊把它们一一理平，回头到村长家讨了些旧报纸，给每本书都做了个封皮。以后再去放羊时，伊偷偷带上一本看看，可总有许多生字认不出来。

一天傍晚，伊正准备赶羊群回家，远远看到王老先生站在大樟树下向自己招手，伊看看自己身边没其他人，确定是在招呼自己，有点不情愿地跑上前，叫了声"老师好！"王老先生从破旧的挎包里摸出一本崭新的《新华字典》来递给伊，语重心长地说："好好学吧，以后会有用处的。"

伊的小脸憋得通红，使劲点了点头。以后，伊再看到先生过桥时就不那样子吆喝了。

伊放羊处是一大片绿草地，此一段溪水尚浅，最深处也就刚没过成年羊的背部，再往下溪水就越来越深。村子里也有人靠了这溪水为生，就是专事打鱼的，叫水根。此外还有两户猎户，不过他们只在晚上出门，平日里和所有庄稼人一样，侍弄着自己的一亩三分地。

水根叔家安在若耶溪畔，是一座父辈留下来的吊脚楼，一半立在岸边，一半靠几根木头支在溪上。水根叔早过了娶妻之龄，因为家境贫困，所以到现在还是光棍一条，靠打鱼养活自己和自己的老娘。水根叔这人长得其实并不差，一张白皙的长方脸，身材高挑而结实，光膀子划船时胳膊上满是一疙瘩一疙瘩的腱子肉。叔水性极好，屏气能泅很长一段时间，怪不得懂点《水浒传》的乡邻都称之为“浪里白条”。

农忙时叔常过来帮父亲耕地种田，除了管饭不肯要任何工钱。

伊觉得水根叔跟父亲有很多相同的地方——两人都喜欢喝点酒，喝酒时都喜欢谈论外面的新鲜事，因为对身边这块土地的角角落落他们早已了如指掌。不同之处是叔除了打鱼，还会吹唢呐。水根叔吹唢呐的模样很好笑，一吹起来两个腮帮子鼓得圆圆的，摇头晃脑中青筋毕露。大凡村子里迎亲送丧的队伍中少不了他，山外也常有人来请，不过叔轻易不出山，除了寒冷的冬季，那是休渔季节。伊曾听到几位饶舌的大婶在谈论水根叔跟姑之间的事，说得有鼻子有眼的，像亲眼见过一样。当时伊没来得及多听，也没来得及多想，伊根本不懂这些。

平日里，水根叔驾一叶小舟在下游深水处布网，偶尔也到伊放羊的这段水域来。这里不能驾船，水根叔用的是“电鱼”——身背一只电瓶，手拿一根带电线的竹竿在水中游走，另拿一只竹篓紧随其后，被电昏的小鱼小虾纷纷收入竹篓中。伊跟着看时，惊讶于溪水中的鱼虾如此之多，以前嬉水时怎么都没发现？跟走一段路后，水根叔会笑嘻嘻地从篓中抓两条大的来扔上岸：“拿去！给老哥尝个鲜。”伊捡起鱼兴奋地往家里跑去。每当这样的傍晚，父亲会去沽上半斤绍兴老酒，而伊也能喝到鲜美的鱼汤了。

初秋的一个下午，伊把叔扔上来的两条鱼捡回家后，父亲交给伊一大包笋干，让伊回带给水根叔。伊捧着笋干，沿溪流往上寻找，却一直没看到叔的人影，后来终于在芦苇荡边发现了叔的渔具。伊小心翼翼拨开芦苇丛往里钻，突然看到前面一丛芦苇“窸窸窣窣”在抖动。伊走近前，看到了平生从没看到过的一幕：两条赤裸裸的胴体正像麻花一般扭缠在地……伊惊得大气不敢出一声，连忙矮了身子退出来，一颗心犹自“怦怦”乱跳着，手里的笋干早不知丢哪儿去了。回家后父亲问起笋干送到没，伊没吱声，一扭身飞快地开溜了，弄得父亲一头雾水。

这件事后，伊再碰见叔就觉得很别扭，而水根叔却像什么事也没发生过一样，过段时间仍会来这一带捕鱼，顺便扔两条上来……时间一长，伊心中这别扭的感觉渐渐消淡，跟掷进若耶溪里的石块荡起的波纹一样。

2

日子跟若耶溪上的水车一样舒缓地旋转着，世事在水车的吱呀声中不断更替，无边无际。

千百年来，紫阆的村民触目皆为青山碧水，又少于与外界接触，所以大都养成了乐天知命的闲淡性情。全家人去田地里干活，根本用不着关门闭户，从来没有偷盗之事发生。

村民建造的宅院充分体现了他们对待生活的态度。这些宅院没有固定的布局，或沿着山涧的流向，或沿着草坡的升降，错落有致地构筑成一个个大小不一的空间。这屋后种一棵桂树，那院中栽几株月季……端的是依主人所好，恣意而为。但在这番恣意之中，也还存留着一份根深蒂固的谨严。从藏绿山上俯瞰，这些民宅就像一粒粒散落的棋子一样簇拥着村中心的一幢大屋宅。恢宏的大屋宅象征着古老的权威，高高的马头墙檐昂立在天空下，昭示着族人雄健的阳刚之美。从近处看，长久的日侵雨淋，使得大屋宅的雕梁画栋现出了原木的本色，有的榫头已经开裂，但美轮美奂的造型依然彰显着当年工匠们的精湛技艺。宅檐下一块樟木大匾额，上书“相公殿”三个黑漆大隶书。跨过下面青石板的门槛，便是一处合院，合院中心是族人议事设宴的中堂，高悬着一幅泛黄的人物立像。画像全身披甲，头戴红缨头盔，双手按着一柄宝剑，一双豹眼不怒自威。这里也是族人祭祀先人的场所。八扇大格门上部布满蜂窝纹菱花，腰板中央雕刻着耕樵渔读等传统图案，一道厚重的门槛横亘在地，提醒着人们进出此屋必须小心翼翼。中堂两边的厢房，住着村里德高望重的兄弟俩，伊打小就“太公太公”地叫，却一直分不清辈分孰高孰低。

相公殿祭祀着王姓族人的一位先人，乃明朝戚继光手下参将，当年跟随戚继光战闽中、破牛田、斗兴化、攻仙游……与倭寇大小50余战，立下赫赫战功，被誉为“骁勇绝伦，国士无双”。但由于性格刚直，最后却倒在言官暗箭之下，落得个发配边疆、死无定所的下场。但民间没有忘记他，后有同乡富绅感其忠勇，为其兴建起一座相公殿，并遍寻天下沉香木，命工匠雕刻了一尊坐像，置于中堂供奉。后因世事纷乱，此像平时就由边厢的长辈轮流保管，只到正月初一那天才置于中堂之上，供全族人祭奠膜拜。这天一大早，所有村里的养猪户，都把自家的猪头端上案前的八仙桌。一家人虔诚地烧香磕头之际把心中的愿望诉说，完毕便去院中燃放爆竹，噼噼啪啪的响声此起彼伏，院中一片烟雾弥漫……相公殿之灵验远近闻名，常有外乡人在除夕后半夜跋山涉水赶来。伊在祭祀时偷瞄过被红布罩着的神像，那一张清癯的脸庞，完全不似中堂威风凛凛的形象，却让伊的内心充满了无上敬畏。

在伊对童年漫长的回忆里，除了正月初一的相公祭，端午节是值得一提的好日子，这或许跟记忆中的事有关，记忆中的端午节似乎比中秋、春节更为热闹。节前几天，伊和母亲一起包粽子，伊的一双巧手包起粽子来，棱是棱、角是角，连母亲看了都自叹不如。倒是弟弟，笨手笨脚地过来帮忙，一会儿给这位递上粽叶，一会儿拿起筷子把盆里已经和好的豆馅搅拌一通，实在没事干他也爬到凳子上，装模作样地包起来，母亲笑着奚落他："你的粽子怎么没鼻子？以后讨个媳妇会是个塌鼻子的喔。"

"喔！弟弟娶的媳妇是个塌鼻子喔！"伊也逗他。

"我不要讨媳妇！我不要塌鼻子媳妇！"弟弟仰起脸来大声嚷嚷几句，嚷完后赶紧丢下手中的活计，一溜烟跑开去，把母女俩惹得笑个不止。

伊十三岁那年，也就在端午节前夕，父亲说："明天用不着去放羊了，一起去趟城里。"

听到这话，伊兴奋得几乎要蹦起来，长这么大还未去过城里哩！弟弟一听，带着哭腔喊："我也要去！我也要去！"

这一次父亲却毋庸置疑："你不能去！你要读书。"

"我不要读书！我要去城里！"弟弟大哭起来，双手拉住伊的衣摆使劲摇着。

伊为难地看看父亲，父亲仍没答应："明天给你带个新书包来。”

弟弟号啕不止，母亲劝道：“不许哭，你都去过两回了，姐姐一回都没去过哩！”

第二天早上，弟弟故意赖在床上不肯去上学，做父亲的动用了家法，拿起放羊用的毛竹梢才把哭哭啼啼的弟弟赶起了床。

水根叔的小船这回成了运输工具。去城里也可以坐车，乡里每天都有一趟班车发往县城。不过从紫阆到乡政府所在，须翻过两道山梁，再走上十余里的土圪路，总得耽搁掉小半天的辰光，而且车票又贵，如果没什么事，有些村民一年里连乡里的集市也难得赶一趟。小船最多能坐四个人，伊坐中间，父亲坐船头，水根叔在船尾摇橹掌舵。伊记得那天父亲穿了件青灰色的中山装，是父亲的出客衣；伊穿一件花格子外衣，衣服有点短，领口处也有点磨损，不过穿在伊身上却分外得体。

一路顺流，船只轻盈而下。正是山花烂漫时，但见两岸青山连绵起伏，碧空如练倒映水中，端的如在画中遨游。早在宋代，有个叫丁宝臣的途经此地，描述道：“路缘萝茑荫衫松，翠壁丹崖不计重。天作锦屏环十里，僧开朱屋面千峰。”

小船随山势迂回，七弯八折，不知过了多久，终于破谷而出，眼前现一片平野沃地，水流也开始舒缓起来。叔不时轻摇几橹，小船缓缓前行……待过此处，若耶溪折道汇入浣纱江，水面顿显开阔，县城的剪影已然在目。

县城名叫暨阳，西面倚靠一座形如黛螺的苎萝山，沿江留存有高耸的城墙，东西南北各有一座城楼。城楼有些颓废，仍透出昔日庄严的雄姿。苎萝山亦名玄龙山，其龙脉源于武夷，沿会稽、龙门山脉一路而来，经浦江、义乌，至城南老虎岩落脉，于苎萝山穿江而过，再由金鸡山盘折至太平桥头，复穿江而过到达孔庙，形成盘龙之势。金鸡山上一支北高塔，与东北方的艮塔互为倚仗，隐含天乙太乙出文人之局，故历朝历代暨阳大地人文荟萃，出过不少达官显贵。传说有一年大旱，浣纱江干涸，人们清淤时发现太平桥下起伏的岩层恍如龙脊，触目皆为赭红色，似有龙鳞隐现。故逢太平桥重建之时，为防龙脉涌动，桥两端各以大石狮以镇之。

这暨阳与附近的东阳、富阳三地合称三阳，源于老祖宗迷信三阳出天子的神话。城中有五湖：庙前湖、琵琶湖、学前湖、郦祠前湖、三宫殿湖。五湖碧水轻漾，处处桥涵相连，由北而南串成一城的明媚。开春时湖畔柳树成荫，点缀些亭台楼阁，恍恍然如同天上人间；夏来湖中菡萏招展，旖旎景致引路人流连忘返。据说很久以前，有个途经此地的骚客触景生情，悟出一句“莲花莲花花连花”的上联，苦思不得下联，乃掷笔湖中怅然而去，一时成为坊间笑谈。

这时候，城角处的码头已泊了好几艘渔船，水根叔熟练地

驾船插进缝隙。待一切收拾停当，一行人便上了岸。

行经苎萝村，这苎萝村乃越国美女西施出生地。“曲曲溪流隐隐村，美人微步合朝暾。吴宫花草埋虽久，越水琚璜响尚存。两字忠贞昭白石，千年幽恨扫黄昏。应怜当日须眉者，亦自嫌推巾帼尊。”这是北宋名臣杜衍的一首七律《题苎萝村》。离码头不远的一处石矶，便是当年西施浣纱处。

过了苎萝村，沿江堤往北再行走一公里，一行人便由东门进入暨阳城。

城中景物自与山村不同，端午这天更是人声鼎沸，车水马龙。伊像刘姥姥进了大观园，摊位上琳琅满目的摆设使人眼花缭乱，时不时响起震耳欲聋的音乐和高亢的吆喝声，伊双手使劲拽着自己的衣摆，模样局促不安。父亲与水根叔谈笑风生，昂首阔步走在街道上，偶尔有汽车喇叭在身后响亮地鸣几声，他们才会侧一下身子避让。说是县城，临街大多还是低矮的平房，少有高大的建筑，倒有一座重檐叠瓦的孔庙，大门口端着两尊威武的石狮，墙壁上挂着两块红字牌匾，为当时县府所在地，貌似古代森严的衙门。

三人行进时，伊不时伸手去拉一下父亲的衣摆，想让他们靠路边一些走，却根本不管用，伊只好紧紧跟着，唯恐被街上的人流吞没。

三宫殿湖边，街道旁摆满地摊，到这里伊早已辨不清东西南北。水根叔领着父女俩绕过一处卖景德镇瓷器的摊位，来到一座阁楼前，伊看到挑出的廊檐下挂着块黑漆的牌匾，上书“泰来饭店”四个鎏金大字，乃取《易经》“否极泰来”之义。门柱上镌有一副对联：一醉千愁解，三杯万事和。三人抬脚进了店门，在一张小方桌子上甫一落座，水根叔便仰脖大叫：“店家，来三碗三鲜面！”

里面答应一声：“好嘞！”话音落地，一小伙计端几只搪瓷杯出来，给每人沏了茶，动作干净利落。

旁边另一桌已经开席，几个生意人模样的人酒酣耳热之际，旁若无人地高谈着……不一会儿，热气腾腾的三鲜面端了上来，父亲递给伊一双筷子：“快点吃，等会儿还要去看龙舟哩！”伊肚子已饿，连忙拿起筷子，几筷入肚，诧异天下居然有这么美味的面条，一张小嘴吃得是“咂吧”有声。父亲和水根叔边吃边谈论着什么，伊听了个大概，大概是说，很久以前，这里也举办过赛龙舟，那时父亲还小，只听村子里几个长辈讲起这热闹场面。今年县政府重新组织这项活动，下面几个乡都派来了代表队。

“听说省里还专门派人来拍电视！”水根叔吃得是“呼里哗啦”。

这话让伊听了更觉新奇，一颗心有点惶惶不宁，想到这一趟弟弟不能来真是太委屈了。

不时有三五成群的人走进馆子，一会儿把剩余的桌子都占满了，小伙计端了托盘在人群中转来转去，为这桌递菜为那桌端茶，游刃有余地周旋着。

见客人愈来愈多，父亲说一声“前客得让后客了！”端起碗来三下五除二喝了个底朝天。水根叔亦已吃完，见状忙从怀里掏出一布兜，吆喝一声“店家，结账！”把几角钱往桌子上一放，站起身喊一声“走喽！”三人一齐起身往外走去。

街上到处是熙攘的人群，路边的摊点星罗棋布，有卖糖葫芦的、烤肉串的……也有玩杂耍的、用扑克牌或套圈圈赌博的。父亲和水根叔到这铺挑挑、上那摊看看，有时停下来和卖家讨价还价一回，愣是一点东西也没买。后来，父亲在一甘蔗摊前停住脚步，蹲下身细细打量起一支靠在车把上的甘蔗来，水根叔也弯下腰，伊好奇地在旁观看，这光景身后马上围了群看热闹的人。良久，父亲从衣兜里摸出枚五分钱的硬币，往甘蔗上这么一嵌，摆摊的汉子过来拿起甘蔗，另拿起一把大铡刀来拦腰一铡，然后把两截甘蔗放地上一比量，围观的人群“哗”地拍起了手，原来两截甘蔗的长度刚好在硬币之间，父亲赢了。父亲把两截甘蔗递给伊，又打量起另一支来，没多久又如此这般，掌声再度响起……当伊怀里有了六截甘蔗时，摆摊的汉子给父亲和水根叔各递了一支烟，拱拱手说：“两位大哥，承让了！”

父亲拱拱手，道声“好说”，便牵着伊的衣袖退出了人群。

伊怀里捧着堆甘蔗，兴奋不已，料想不到父亲还有这等本事，心里对眼前这具瘦削的身躯多出几许崇拜。三人在街上东张西望，行行歇歇，近一个时辰，一行人走到一座桥的桥堍。这桥名叫太平桥，历史十分久远，当初取这么个名想必也寄托了老百姓心中一份美好的愿望。桥头各端坐着两尊汉白玉的石狮，模样威武雄壮。此时两岸锦旗飘摇，桥栏处有许多人在驻足远眺。水根叔说声“我去洗洗”，从伊怀中接过甘蔗，飞快地奔下了台阶。

父亲俯身在伊耳边说道：“咱就站在桥上看，喏！那就是龙舟！”伊顺着父亲手指的方向，隐约看到远处江面上一支排列整齐的船队，船身狭长，船头高高昂起，宛若一条条七彩斑斓的游龙。龙舟原来是这个样子啊。

叔上来分了甘蔗，三人边啃边挤挤挨挨混进人群，靠在桥栏边。伊啃完第一支甘蔗时，汇聚到桥上的人越来越多，每个人都在兴奋地谈论着什么。伊看到两岸涌动着黑压压的人头，几个戴红袖章的在人群中转来转去维持着秩序。时间不长，桥上一位戴红袖章的吹了声响亮的口哨，用手中的扩音喇叭喊：“各位注意！各位注意！给工作人员让一让，让一让！比赛马上开始！”听到这番话，人群呼啦一下都朝栏边靠过来，水根叔见状忙撑开臂膀把伊揽到身前，躲在叔怀中的伊听到一阵大声地嚷嚷“让一让！让一让！”几个戴红袖章的人拨开人群来到身边。一片嘈杂声中，父亲对水根叔笑喊："明年你也可以去乡里报名的！"

"你是说我么？我去的话肯定拿第一！"水根叔自顾自地笑将起来。

桥上忽然安静下来，江面上隐隐传来一阵鼓声。"来了！来了！"许多人这么喊。伊抬眼看去，但见前方排列整齐的船队已经散开，十条长长的龙舟前赴后继地朝太平桥方向驶来。"加油！加油！"两岸人群齐声呐喊，呐喊声里鼓点更加密集。那桡手穿红着黄，斜佩红花的身子一倾一直，随着鼓点的节奏拼命挥动船桨，一条条船如离弦之箭向近前驶来，船上旌旗招展，金黄色的龙头龇牙咧嘴……诗云：棹影瀚波飞万剑，鼓声劈浪鸣千雷。说的就是这番气象。龙舟越来越近，桥上的人齐声大喊："加油！加油！"伊边喊边拿小手拍着桥栏，看着第一艘船"唰"一下从眼皮底下溜进去，人群顿时爆发出一阵掌声，紧接着后面的船也在掌声中鱼贯而入，伊这才分明感到自己的双手已拍得生疼，而人群这时又呼啦一下都往桥栏另一侧挤去。伊一转身，不见了父亲和水根叔，眼前到处是重重叠叠的背影，伊知道根本无望挤进去，便自顾摸了生疼的小手在原地站立。过了会儿，但见两人喜气洋洋地挤出人群，嘴里高声嚷嚷："哈哈！咱乡的得了个第二名！"

父亲拉着伊的手就走："走！看看去！"说着三人一起走下

桥堍，踏上了江堤。

接下来是隆重的颁奖仪式，江堤的一旁早就搭好彩棚，几个干部模样的人一脸庄重地端坐在一排课桌后面，中间一位肥头大耳的领导站起来开始发言，伊听不清也看不清，急拽住父亲的手臂一个劲往上蹿，旁边的水根叔一探手，像捉小鸡一样把伊拎了起来，让伊跨在肩膀上。伊听得扩音喇叭“嗡嗡”响着，听不清在讲些什么，突然人群中响起一阵掌声，然后见一长溜的汉子摇头摆尾地走上台，为首一位从领导手里接过旌旗，满面红光地举起来，众人大呼小叫后送给他一阵更热烈的掌声，掌声中伊只看清旗子上三个金灿灿的大字：第一名。接着领导又开始发言，这次父亲和水根叔抢先拍起了手，掌声中又见一长溜的汉子摇头摆尾地走上台。伊居高临下，见底下的父亲边拍手边兴奋地环顾左右：“咱乡的！这是咱乡的！”父亲的话语充满自傲，伊听着舒服也拍起了手，尽管上面那些古铜色的脸庞一张也不认识。

看完了赛龙舟，三人又在街上漫无目的地闲逛了一会儿，父亲给弟弟买了书包，水根叔给伊买了串冰糖葫芦。这晶莹诱人的冰糖葫芦，伊实在舍不得吃掉，只拿舌尖轻轻舔几下，便又握在手中。

回码头的路上，伊看到不远处的湖边停着辆奇形怪状的车，巨大的前爪耷拉在地，便问父亲那是什么车，父亲说是挖掘机。又走一会儿，路边出现一幅巨大的招贴画，画上面几个舞女，模样十分风骚。附近空地上搭着一个巨大的帐篷，里面传出阵阵劲爆的音乐，几个后生仔站在帐篷口探头探脑往里张望。这时水根叔说了声“我去看看”，也不等父女俩回话，自个儿甩开大步跑过去钻进帐篷。

伊没多虑，牵了父亲的手也想往那边走，父亲没理会，只说：“小孩子不能进去看的。”也不说什么原因，弄得伊起了老大一个问号。父亲牵了伊的手坐到路边的石头上，专等水根叔出来。

“大叔！那里准备干什么？”父亲手指指远处的湖，问一个过路老汉。

“不清楚，像要把三宫殿湖填了造房子。”老汉放慢脚步，拿眼乜斜着那口湖作答。

“哦？造房子。”父亲自言自语道。

伊闲着没事干，便把玩起手中的冰糖葫芦来，终于忍不住馋，一口一口将它咬着吃了，最后只剩下一根小竹签。水根叔终于从帐篷里钻了出来。“好看！好看！真过瘾！”兴奋不已的水根叔边跑边嚷，父亲哈哈大笑着起了身，一行三人复又朝码头方向走去。

渔船上，水根叔从舱里端出一只封了火的煤饼炉，揭开铁锅锅盖，冒起腾腾热气。叔招呼道：“来，吃个粽子，吃完咱们就回家了。”

父亲边剥粽叶边感慨：“可惜不能待到晚上，晚上还有花灯看哩！”

水根叔也可惜：“是啊是啊，岭北还派了舞龙队来，那可是难得一见的啊！”

伊吃了冰糖葫芦，肚子已经填饱了，就蹲在船尾戏水。

事毕，各就各位，仍由水根叔掌舵摇橹。逆水行舟，明显感觉吃力，船速较来时慢了许多。这次伊朝船尾方向坐着，眼见得暨阳城在视野中渐渐远去，泊岸的龙舟也成了几个细小的点，极目远眺之际，伊忽然发现一条黑线在山脚下缓缓移动，接着听到一阵低沉的吼叫。“呀！火车！”伊兴奋地站起身，出神地遥望着这条移动的黑线，直到移出视线之外，伊仍按捺不住一颗激动的心。

这走马观花的一趟给伊带来的新奇，实在与家乡的景象有天壤之别，伊心中不由得衍生出许多留恋来。等船只一拐入若耶溪的水道，眼前又见青山葱郁，溪水之中倒映着碧天云海。伊转身朝船头方向坐着，心中虽有些依依不舍，却又感到十分舒坦，完全没有了来时的紧张与期盼，一心只盼能尽快看到自己熟悉的小山村了。

伊去看赛龙舟的这一年，神州大地悄然起了变化。从表面上看，这场变化带来的勃勃生机，让人们感觉一个新的世界就将出现在眼前；而从暗地去思量，这场变化赋予人们思想上的革新，虽则缓慢却深入骨髓，从此深刻地改变了亿万国人的命运。很快，一些新的气象通过各种渠道传播开来，山村的闭塞由此被击开了。

3

端午节刚过，接连几场暴雨，若耶溪涨了水，浑浊的溪水漫过了小石桥。

小学堂放学后，十来个孩子待在桥头，望着湍急的溪水不知该怎么办。王涛嘴边含根麦秸，站在溪畔望了望，便弯腰脱鞋，将两只裤管挽起来，然后下了桥，往对岸慢慢挪去。溪水有力的冲击使王涛的身子摇摇又晃晃，岸上的孩子吓得大气不敢出一声，伊待在樟树底下，紧张得攥紧了手中的毛竹梢。好不容易，王涛挨到了对岸，掉转身朝对岸大喊：“怎么样？有种的过来！”

孩子们你推我搡，都不敢下水，有几个胆大的下脚试了试，又缩了回去，仲文更是远远躲在人群后。这时，村长和水根叔气喘吁吁地跑了过来。

“待着都别动！”村长焦急地朝对岸喊。

村长和水根叔轮番过去，将孩子驮在背上过了桥。仲文被爹驮过来后，一张脸吓得刷白，惹得王涛哈哈大笑，村长朝他一瞪眼："就你有能耐！看掉下去谁来救！"

"不要你管！你又不是我爹！"王涛喊道。

雨过天晴，若耶溪恢复了原先的平静，流水潺潺，一如清澈明快的生活。

不久，村里传开一件新鲜事，说是村长家装了台电视机！果然，眼尖的村民发现村长家门口的银杏树上，绑了一根毛竹竿，竿顶部探出的环形金属线，向着头顶的蓝天。当天晚上，三三两两的村民自发朝村长家走去，有的还顺带着一根小板凳或一把小竹椅。伊吃罢晚饭，也早早赶了去。

村长红光满面，这可能是生平最风光的一次。他招呼大家伙在院中坐下，给几位年长的乡邻一一递烟，仲文夹在中间忙着端茶送水，然后村长指挥几个村民搬出一张八仙桌，自己小心翼翼地捧出电视机放到上面。接通电源后，长手长脚的仲武攀爬到银杏树上调整天线，村长则按下了电视开关，此时众人屏气凝神，但见屏幕上雪花一片，村长焦急地对着半空大叫："转！转！"

仲武双腿牢牢夹住树干，伸出细长的双手攥住竹竿使劲转了起来，突然一个悦耳的声音从盒子里蹦出，众人起了一阵骚动。

村长朝空中一摆手，叫喊道：“慢——慢慢转！朝一个方向，再转！好！”

随着这一声“好”字，盒子里终于出现了画面，虽还下着雪花点点，但能看清上面有一群人在跳舞，伴着悦耳的音乐。村民开始安静下来，伊听得身边一位老大爷感慨道：“真个是稀奇啊！这么个盒子里又会唱又会跳的，这些人是怎么跑进去的？”

伊也想不出其中的道理，双眼只顾一眨不眨地盯着，站许久都没觉得累。

接下来的日子，像成了一个固定节目似的，每晚都有一群村民去看电视，伊也乐此不疲，这方小小的盒子让伊知道了外面世界有多精彩。开头几天，村长照旧乐呵呵的，这让他享有一种特别的满足感，但很快，村长的婆娘不耐烦了，开始数落起这样那样的不是来。终于在一个傍晚，当伊再走进那熟悉的院子时，看到了大门紧闭的场面。夜色中，一阵轻轻的音乐从门缝中钻出来，伊在院子里呆立了一会儿，眼巴巴地望着红漆的木门，实在鼓不起勇气敲，只好转身往回走——“王小娟！”伊听到叫唤声，回头一看，原是仲文从门缝里探出一颗瘦猴般的脑袋瓜来。伊心中一热，以前对他的不快刹那间烟消云散，赶紧快步迎上前去……

十三岁那年夏天的一个早晨，伊步入了生命里一个新的历程。

早晨，伊醒来时感觉身体有点不适，又惊讶地发现自己的内裤沾了些许殷红。当伊惊惶地告诉母亲时，母亲一反常态笑了起来："咱家的闺女成大姑娘了。"接下来母亲又开导了一番，伊的一颗心才算安定下来。

从那天起，伊再去若耶溪洗澡时开始有意避开人们的视线了。

记忆中十三岁那年的冬天，雪下得特别大，纷纷扬扬的雪花把大地银装素裹起来，一片苍茫中，汩汩流淌的若耶溪如一条银练般把山野劈开成两半。

早上，父亲和水根叔相约去乡里采办年货。伊闲着没事，和伙伴们在雪地里疯玩了大半晌。临吃晚饭时父亲急匆匆赶回了家，黑着脸把手中的年货往地上一放，劈头说了声"水根他娘过去了"，旋即出了门。伊刚往灶膛生着火，听这话不由一愣，忙起身问怎么回事，母亲一声不吭，牵着伊的手往外面赶去。

吊脚楼旁的雪地里，水根叔抱着老娘大哭不止，大娘全身湿漉漉的，花白的头发贴在满是皱褶的脸上。伊还是第一次这么近距离地端详一个死人，不禁有些害怕，只躲在母亲身后偷偷瞅。大娘的脸呈青白色，十分安详，像熟睡了的人一样。伊从旁人话中知道大娘是在洗衣服时不慎滑倒的，当时地上的雪积得那么厚，又碰巧没人走近溪边，等水根叔回家时老娘已在冰冷的溪水中浸泡多时了。伊看到水根叔如此伤心也不禁抽噎起来，几个村民红了眼圈劝说着什么。姑站在伊身后，暗自叹道：“唉——为什么好人的命会这样呢？”姑的这一声叹息给伊的印象深刻，直到多年后伊依然弄不明白这个问题。

此时，村民才记起大娘平日里的点滴好来：大娘年轻时是出了名的聪明贤惠，丈夫打鱼、狩猎样样在行，就是不喜欢侍弄田地，以至于村民常能见到大娘独自忙碌在田地里的身影。儿子出世后，一次在藏绿山密林里，丈夫遇到了一头硕大的野猪，开了两枪才把它撂倒，等近前时，这头经验老到的野猪猛然起头撞来，锋利的獠牙洞穿了丈夫的肚子。等一个樵夫砍柴回来发现时，丈夫已死去多时了，他是捂着肚子倒在山道上的，死时肠子流了一地。樵夫放了柴担把丈夫背回吊脚楼，大娘看后没吭一声，默默地把丈夫清洗干净后，又给他换上一身做新郎时穿过的衣服。待一切料理完毕，大娘把出世才三个月的水根叔托付给乡邻，自己提着柴刀和干粮上了山。两天两夜后，大娘提着一只野猪头回了村，摆上了丈夫跟前祭祀的香案。此后大娘变得沉默寡言，也没有改嫁，几十年里村民实在想不起大娘何时和旁人斗过嘴，除了操持家务，种地、耕田等样样农活不落人后。夏忙时节，大娘总在小石桥头摆一缸茶水给村民解渴……这样一直持续到水根叔长大。

后来父亲和几个村民一起把大娘抬进吊脚楼，安放在大娘平时安息的卧榻上。

当天夜里，在迷糊的梦境中，伊听到一种雄性苍凉的哭声从远空传来，在夜幕中撩拨着人的心。伊被这种声音惊醒，在黑暗中辨明了声音传来的方向，不由想起水根叔的种种好来，不禁为他的悲伤而心怀戚戚，在被窝里潸然流下了泪。良久，在一片漆黑中伊听到另侧屋角里的父亲小声嘀咕了句什么，接着灯被点亮，一个人“窸窸窣窣”下了地。一会儿又传来“扑哧扑哧”的风箱声，随着“嚓”的一声响，一股蛋花的香味在空气中弥漫开来。伊侧眼望去，原来母亲在下面条。接着父亲披上一件大棉袄起了身，一手从墙角拿过一顶斗笠一手从母亲手中接过盛好面碗的篮子。母亲打开屋门时，一阵雪花飘了进来，外面是一个银白的世界，伊听见母亲说了声“小心点”，父亲点点头消失在雪花中。

伊在床上，留意着那断断续续的哭声，一会儿揪心的声音消失了，于是整个人又迷糊起来，重新进入了香甜的梦中。

出丧那天，灵柩停放在白雪皑皑的晒谷场上，四乡八村的至亲好友都赶了过来，场中间早已用八仙桌搭起了一座仙桥，摆好了供桌香案。伊和父母一样披麻戴孝、腰间扎着草绳等候在队列中。就见一个头戴道帽、身穿红袍的道士站在祭台上，口中念念有词……众声嘈杂，伊根本听不清道士在念叨什么。未几，就听鸣锣三响，长号三声、报鼓三通，道士转身将点燃的清香插于香炉之中……随后红袍道士手执引魂幡，跳下祭台引领众人走仙桥。伊排在队伍后，绕一圈后领头的道士就转到了伊身后，这会伊听得分明：“救苦地上好修行，只有天堂无地狱……竟往人天，超升净土，快乐无量，一去一来，无挂无碍……”道士引领众人依太极图顺逆各绕行三圈后，就听几声铳响，鼓乐齐鸣，鞭炮轰响，队列缓慢前行，出村口后绕溪畔转了一圈，沿途抛撒着圆圆的纸钱，纷纷扬扬的纸钱像暮秋的树叶一样在空中缓缓飘落，有的飘落在雪地上，有的飘落在溪水中，飘落的树叶实在跟过世的人儿没多大区别。出丧路上，水根叔没有像别人那样顿足捶胸地嚎哭，他披麻戴孝、红着双眼走在一帮吹吹打打的道士前列，他用唢呐为自己的老娘吹着送终的曲调，一腔的悲哀从唢呐孔中透出来，凄凉地回荡在若耶溪畔，然后跟着灵柩飘上了山。

来年，杜鹃花盛开的时节，藏绿山山腰上的一座坟茔被修缮一新，伊知道那是水根叔他爹娘的，伊的爷爷奶奶就葬在他们边上，村里人的祖辈都葬于此。伊在放羊时仰头就能望见这些坟茔，村子里的人也都能望见，由此带来的一种感觉，似乎逝去的并未真正逝去，至少祖先们还在山上默默注视着他们的子孙。

清明节那天，父亲和所有的村民一样，挑着盛好祭品的竹篮领着全家去上坟。路过的树林里铺满去冬凋落的枯叶，一些新生的嫩芽在中间茁壮成长，宛如人间香火的更迭。拜祭时母亲喃喃着一些话语，将心中一份朴素的情感传递，此刻有缕缕青烟从荒草丛中轻盈地升起，把逝去和活着的人们维系。

自老娘过世后，水根叔再没碰过唢呐，少了他一个，迎亲送丧的队伍依然热热闹闹。

到第三年上，水根叔把姑娶进了门，做了王涛的父亲。

其时，伊已出落成一副娇俏的模样，可谓到了“豆蔻梢头二月初”的时节，伊像自家院中的玉兰花一样默默开放着自己的花蕾，无须谁的爱抚与灌溉。然而，花香总能引蝶来，尽管小丫头穿着一身粗布衣褂，掩饰了曲线玲珑的身材，但村里几个游手好闲的后生仔还是率先发现了美的存在。他们精于此道并且常年乐此不疲，有事无事总来溪畔转悠，以便和伊搭会儿话，或找机会献点儿殷勤。伊不愿搭理他们，因为他们不单对自己如此，对村里其他几个长得标致点的姑娘也是如此，好生没劲趣。后来再遇到他们就干脆赶着羊群到另一边去吃草，避得远远的，如是几次后，那些想打点什么主意的后生仔自觉没趣，再不到伊放羊的溪畔来寻事骚扰了。

读完小学后，王涛不愿再去上学，也不愿跟他爹也就是水根叔张网捕鱼，反倒跟一位砖瓦匠干起了砌砖盖瓦的行当，他母亲常常叹道：“这都是命啊！”弟弟和仲文远在乡中学就读，平时难得回一趟家；春兰挨到小学一毕业，就跟了一位远房亲戚学裁缝。失去了这些伙伴，伊感到有些孤单，放羊时常坐在草坡上，看着面前的若耶溪若有所思，让优柔的心事随着若耶溪的流水汩汩流淌。这种景况往往会持续很长一段时间，直到晚霞一片艳红，村里升腾起的炊烟袅袅飘向空中，伊才会从无际的遐思中突然醒来，然后百无聊赖地赶着羊群回家。

伊还记得水根叔结婚时，婚宴就摆在村中央的大屋宅里。那天，大屋宅被装扮成一派喜气洋洋：八个大红灯笼高高悬挂在廊檐下；八扇大木门和四周的廊柱上贴满红纸黑字的对联，铁画银钩的字体，显示出王老先生在书法上的不凡造诣；中堂两壁张贴着两个巨大的喜字，乃一位大婶的剪纸……用的桌碗瓢盆等一应用具都是几户人家拼凑的，要好的乡邻端茶送菜来做小工，要好的妹子欢天喜地来做伴娘。伊看到姑肥硕的身躯把一身大红旗袍撑得满满的，像端午节裹的粽子一样。在酒席上姑还展示了惊人的酒量，轮着和一桌子一桌子的乡亲敬酒，每人敬一杯，决不拖泥带水，倒把做新郎的叔晾在一边。敬完酒后众人起了哄，让新娘子站上板凳唱一段，于是姑在水根叔搀扶下费力地站上板凳唱起来，边唱边摆弄着两只兰花手：“一稀奇，一只麻雀抱雄鸡；二稀奇，二根蚯蚓甩田鸡；三稀奇，三只黄狗拜天地……”伊笑得捂住了肚子，几个拿筷子在酒碗上打拍子的堂客，也笑得东倒西歪。

伊和母亲还有王涛他们同坐一桌，王涛好像情绪不高，自个儿喝了很多酒。后来喝得差不多了，竟端起酒杯来硬要和伊碰一杯，坐旁边的母亲没有一丝帮忙的意思。伊没办法，只好自个儿端起酒杯将酒一口抿下去，结果整个人马上热了起来，那是一种涌动在体内的十分舒服的热，伊这才发现自己的酒量还可以，不过脸上肯定十分见红了。

席间一位老者捻着几根山羊须说起水根他爸结婚时的一桩趣事，这几乎成了村里人家喜庆日子里总爱提到的话题。说的是水根他爸结婚时，他爷爷喝了点酒后去吊脚楼他儿子的房间里，见新媳妇独自一人端坐在房中，心想儿媳还没有和自己会过面呢，就借着酒胆去搭讪：“新娘子今年多大了？”

“十八岁！”

“你家父母今年几岁了？”

“十八岁！”

“咦？新娘子莫非神昏了？一家人怎么会一样年纪？”

“不是我神昏，我家都没大没小的，都是十八岁！”

他爷爷听了最后这句话，知道儿媳在变着法子数落自己，不禁羞得老脸通红，赶紧拔腿溜出了吊脚楼，走下楼梯时，一不小心摔了个跟头。

伊放羊时掰着指头一数，发现已有好几个后生仔出了村。路上碰到王涛，便打听起这些人的下落来，王涛说都去了很远的地方。

“我师傅他们去了上海，还有几个去了广州，那里的高楼有后山那么高哩！”接着，王涛气宇轩昂地宣布：“我小姨去了县城，过了年我也要出去的！”

王涛的小姨、伊称为秀姐，虽只年长两岁，也是一块儿长大的玩伴。伊听了这番话心里有些惴惴的，觉得自己实在没本事，只能在山坳里终老了，不由生出许多悲哀来。回家时母亲看伊的神色不对，问伊是不是身子不舒服，伊回说没有，只顾着生自己的闷气。

晚饭后，伊出了门溜达，不知不觉来到了村长家门口。

自仲文去乡里上学后，伊很少来看电视。这时听到门缝里传出一阵打斗声，伊一双脚不由自主地挪过去。伊轻轻推开一条门缝，见仲武哥赤着身体坐在板凳上看电视。伊刚想缩回脚，仲武哥听到动静后转过身：“娟娟啊！好多天没见你来了，来，进来，”他拍拍身边的空位，“坐！”

伊抬头一看，电视上几路天兵天将模样的人马正捉对儿厮杀，便把到嘴的“不”字咽了回去，走过去坐下来。

“哥，伯呢？”伊问。

“哦，到我表叔家喝酒去了。”仲武哥乜斜着眼睛打量了伊一下。

伊嗅闻到一股异样的热气，心里生出一丝不安，眼睛却被上面的画面吸引了过去，只顾看那热闹场面。一会儿，出现一群嬉水的仙女，一个英俊的小伙子躲在树丛后偷偷张望……伊忙撇下脑袋瓜，一颗心不听话地“突突”跳将起来，身边的仲武哥“咕嘟咕嘟”大口喝着茶水。突然，就有一只手过来搂住伊的腰，接着一股热浪朝脸上扑来，伊慌乱中想挪开，浑身却软绵绵的没了劲，一歪身倒在了仲武哥怀中。伊的俏脸被软扎扎的胡须轻轻摩挲着，一片混沌中人像飘起来一样……伊闭了眼，任由他的手在自己身上四处游走，感觉身子骨又燥又热，又有点莫名地兴奋。“好妹子，好妹子……”仲武哥呢喃着，一俯身堵住了伊的嘴。

“我好比笼中鸟有翅难展……”突然，外面传来的哼哼声让伊一下子清醒过来，不知从哪里来的一股力气，一把推开仲武哥就往外奔去，刚巧和进门来的村长碰了个正着。村长打了个趔趄，伊也不作声，低着羞红的脸快速绕了过去，匆匆跑出了院子。

伊觉得每一个亮灯的窗口都有一双眼睛在看着自己，双脚不点地地向家中奔去，临看到家中的灯光时，脚步又踯躅起来，转身奔向了村口。

风，吹在脖子上有着丝丝凉意，伊分明感到口渴，拿手摸摸自己发烫的脸颊，便停下脚步来大口大口地喘息了一阵，待心跳稍稍平复后，实在想不好该往哪儿走了。

伊漫无目的地闲逛着，一会儿来到了小石桥头，明晃晃的溪水倒映出一个身影。伊蹲下身，就着清凉的溪水抹了把脸，浑身仍感到燥热异常，又捧起清凉的溪水来喝了几口。伊心中暗暗骂着："这个该死的仲文！不，仲武！"伊决定再也不去他们家看电视了。

伊慢慢挪回了家，家人已经安睡，伊躺进被窝后却怎么也睡不着。桃源坪上传来的阵阵蛙鸣让伊心烦意乱，黑暗中仲武哥的脸老在眼前晃来晃去。伊拿手使劲搓着被胡须扎过的脸颊，心中有点愤恨又有点异样的骚动。"其实仲武哥这人还是不错的，两兄弟都像一个胚子里出来的，很白净，不像王涛似的。"伊缩在被窝里，暗暗拿仲武跟王涛作了比较，一时也比不出个所以然。一会儿，耳边似乎又响起仲武哥的呢喃声"好妹子，好妹子……"伊露出一脸窃笑，翻来覆去中竟然一夜未眠。

第二天，伊一反常态未能及时起床，母亲叫了几遍"日头都晒到屁股上了，还不爬起来！"伊这才期期艾艾地起来洗脸刷牙，发觉镜中的眼眶稍有点浮肿。

伊喝完稀饭后照例去放羊，还没把羊群赶到溪边，见仲武哥一手扛着锄头、一手牵着水牛，大摇大摆地从小石桥上走过来，一边走一边哼着小曲。仲武哥也看到了小娟，刚想打个招呼，却见伊停住身，抿紧了小嘴拿一双杏眼凶巴巴地瞪着他，一手还攥紧了手中的毛竹梢！仲武哥见这阵势，眼光有点不自然了，一侧身从旁边溜了过去。伊心里放宽，俏脸上露出一股满不在乎的神气来，却又隐隐感到有点失落。

伊听到身后的仲武哥尖着嗓子唱："高山顶上一口塘，白鹤飞到塘边上。风吹鹤羽片片动，鹤想吃鱼我想郎……"

4

过了仲夏，如王老先生预期那样，弟弟顺利考入了乡中学读高中。

父亲感到欣慰的同时，心里并不轻松，因为这一来，意味着家里将增加一笔额外的开销，而近些日自己的腰伤时时发作，干一会儿活就得停下来喘会儿气，更不用说去做其他营生了。母亲的辛劳显而易见，这几年的劳碌使得原本端庄的脸庞憔悴许多，双手也越来越粗糙，好几回看到母亲对着镜子在拔夹在乌丝中的白发，但拔归拔，都不能挽回母亲日益见老的容颜，头上的白发越来越多。父亲心疼的同时，更恨自己无能，常常独自闷闷不乐，好在身边有一个乖巧的女儿，不但从不让人操心，还分担了大半的家务活，给平淡的日子增添了许多温馨与欢乐。

水根叔婚后没多久，放弃了多年的船上生活，夫妻俩合计着出了山，在乡政府对面开了一家小饭馆，专营一些农家菜肴。

离村前，水根叔拎着两瓶绍兴花雕来串门，母亲多烧了两个菜，让哥俩好好叙一叙。伊没上桌，夹点菜后，坐在门口的小板凳上顾自吃饭，伊听见水根叔向父亲大倒苦水，说王涛这小子到现在还不肯叫爹。母亲在灶头边劝他，让他平日对王涛好一点，人心都是肉长的，日子过长了自然会明白事理的。父亲则为儿子即将升入高中的事担忧着，但口气却异常坚决，说再难也要供他念下去。

“老哥，你放心，别说是去读高中，就是将来你家的小子真中了状元，替咱紫阆人争了光，咱不说别的，能帮多少算多少！”水根叔拍拍胸脯保证。在村民心目中，考上所谓的大学和从前中状元没多大区别。

这番话说得父亲像吃了定心丸，于是舒开眉头，畅快地和水根叔对酌起来。母亲在一旁不住声地唠叨：“咱家一向来欠了你多少人情哩！”

水根叔喝了几杯酒后，道出了心里话：“莫要如此说，咱和老哥的交情那是前世修来。依我看，村里就数你俩宅心仁厚，瞧生出来的一对儿女，都是又聪明又端正！”水根叔说罢，一仰脖把杯中酒全干了，又拿筷子指点着："要说老哥，到如今，你最错的地方是不该让娟娟休学。不是我说你，自家再穷，就算砸锅卖铁也要供孩子念书呀！咱王涛是自己不争气，瞧你家娟娟，多聪明的一个丫头啊！你呀——"

这番数落，触到了内心痛处，让父亲脖子都粗了，好在酒喝多了脸上也看不出什么来。父亲把杯中酒一口抿了，完了又给两只杯子斟了个满："来来！再干一杯！咱今天不说这些，说说你准备得怎么样了？"

父亲岔开话题，伊没再听下去，刚才水根叔的话勾起了伊的伤心事，一下子觉得碗里的饭菜都没了滋味，便放下碗筷闷闷不乐地出了门。

等伊回来时，父亲已躺在藤椅上呼呼大睡，一张脸成了猪肝色。

此后伊再没见到水根叔，吊脚楼的木门上挂了把铁锁，渔船倒扣在草地上。失去了主人的吊脚楼孤零零地站在溪畔，陈旧而单调，像定格了一段故事，只有若耶溪还在不断招惹它，溪水与木柱的碰触响着"哗哗"，和从前一样。

王涛住在老宅中，不过也难得回来一住，三年师满后，整天不是给东家上梁就是替西家砌墙，一张嘴吃的百家饭，倒也三餐无忧。仲武哥靠父亲当村长的关系，仲夏结束后招几个健壮的乡邻承包了一个采石场。采石场位于道坞岭脚下，往东十余里就到乡里，交通十分便利。采石场生意不错，尤其近期，乡里到处在筑路修渠，石块成了异常紧缺的商品。仲武哥母亲出了山，帮着去烧菜做饭，村长闲来没事在村里转悠时，遇到个人常会打哈哈："哈哈，现在倒好，我一个人变成光杆司令了！"

"还是你老有福气，儿子在外面挣大钱哩！"村民总这样恭维。

"哪有什么大钱挣啊！挣来也是要娶媳妇的。"村长笑着回应。

伊感到山外一定有什么事情正在发生，是自己未曾料想得到的，伊说不清是什么，只是心中隐约有这么一种感受，而感受这东西往往是正确的，不需要什么理由。伊留意起外面的消息来，这些消息最初是从村民们的口中传出，虽然并不可靠，因为村民所说多半是经过了添油加醋的想象，不过从中也能知晓一些事。伊知道了本县撤县改市的消息，还有下面各个乡镇忙着搞捐资，准备建造一幢市府新大楼。据说要造二十层的高楼，二十层啊！伊想象不出这有多高，难道就跟王涛说的有后山那么高？伊也想象不出这样一幢高楼里可以住多少人！后来又有一个消息传来，说同乡有个出外搞建筑的老板一下子捐出了一百万巨款，要替乡里修一条路，还要造一座桥！据说这人

以前是个穷木匠。这事激起轩然大波，就像台风一样一夜之间席卷了全乡，许多村民的心底都被震动了，财富这东西，再也不是遥远的神话，而是确确实实的事摆在了身边。村民谈论这事时双眼都闪闪发光，毫不掩饰内心的激动和对于财富的向往。伊的父母也听说了这事，母亲对此有个说法：“这都是命啊，命里注定的，想让谁富谁就富！”

伊同意母亲的这个说法，但后来仔细想了想，隐隐觉察到其中的问题：为什么以前这么些年就没有这等事情发生呢？当然伊只在脑袋瓜子里转了一下念头，根本没往深里想，当然想了也没用，伊根本解答不出这个问题。对伊来说，这些事好像存在于遥不可及的另一个世界，听后就作罢，像一阵风，压根儿不用去掂量。伊的生活一如往常。

百合花开的季节，桃源坪上处处洋溢着成熟的气息，若耶溪流淌得更为欢快了。

眼下的羊群大多已养肥，这对它们来说不是个好兆头，因为过不多久它们的生命就将走到尽头，除了留下几只用于传宗接代的羔羊。好在这些羊儿并不知晓，一到溪边仍会乖乖吃草，吃饱了草仍会乖乖趴着歇息，如果没有特别的响动惊扰它们的话。

伊坐在草坡上看书，对书中的一首古诗产生了兴趣，轻轻吟道："独怜幽草涧边生，上有黄鹂深树鸣。春潮带雨晚来急，野渡无人舟自横。"这几句读来朗朗上口，伊吟了几遍就能背，便合了书本默诵了一会儿，不经意间把诗中的意境与眼前的景物重合在一起，伊有点眩晕，有种不知身在何处的感觉。看着面前的溪水，头脑中忽然冒出个奇怪的念头：这水是从何处流来的？这问题让伊困惑，以前听一位大爷说起过上游某处崖壁上有一个仙人洞，洞口有一株沉香树，开的花娇艳无比，树叶可治百病，却一直没身临其境看到过，更不用说采到沉香树的树叶了。

"这水是从何处流来的？"没人给予过明确的回答。一种强烈的好奇诱惑着伊，看看天色尚早，伊决定去探个究竟。

伊放下书本向若耶溪上游走去，一会儿路过芦花飘摇的芦苇荡，惊起一只野鸭扑腾腾飞向远方。再往前，灌木和草丛越加茂密，茂密得简直没了去路。伊脱了鞋下到水里，初秋的溪水不算寒冷。伊溯水而行，溪水越来越狭浅，待转进藏绿山山岬时，眼前出现了一条无比幽深的岫谷。茂密的草木馥郁在两侧，清澈见底的溪水时湍时缓：湍时如水银泻地，遇到突兀的卵石发出"哗哗"的声响；缓时如处子般静默，表面看不出丝毫波动的迹象。

行走在寂静的岫谷中，头顶上不时响起几声黄鹂的啼鸣，恍若天籁。几束紫薇在近旁的灌木丛中探头探脑；还有野百合，白色的花朵夹在中间分外醒目；杜鹃花早谢了，枝叶依然苍翠，这里的杜鹃早已从灌木演变成乔木……伊蹚着水，不知不觉中溪水已不成溪水，而成了一条山涧，其实也不止一条山涧，只要两边岩壁上有水渍的地方，其下必有涓涓的山泉汇入。崖壁上，一些松、樟、栗、榆盘根错节，茂密的枝叶遮蔽住阳光，使得岫谷里弥漫着一股诡异的气氛。伊不时仰头察看，根本没有发现传说中的仙人洞，大概是被树枝遮住了吧！

地势渐渐抬高，有时涧水忽然从眼前消失，待走过一片卵石滩又会出现。如此反反复复，周围变得越来越寂静，寂静得几乎可以听闻到自己的呼吸与心跳。行进很长一段距离后，伊困惑了，不知何处才是尽头。伊看到一块磐石底下有汩汩的山泉涌出，感觉口渴，用手掬起清泉来喝了几口，分外甘洌，完后又抹了把脸，整个人顿时清爽许多。伊准备再前行时，一件意想不到的事情发生了：十步开外，一条乌梢蛇扭动着细长的身子正从卵石上慢慢游过！伊一动不动，眼睛死死盯住那条蛇。蛇游到一处草丛前停下来，慢慢盘起身子，昂着蛇头像在注视什么东西。这样的姿势保持了一会儿，伊被前面的草丛挡住了视线，看不清后面的东西，也不敢挪动一下身子。突然那蛇头往后一缩，接着像箭一样射了出去，随着“吱”的一声叫，蛇从草丛翻滚到卵石上，伊这才看清它正在吞噬一只青蛙，此刻，青蛙的两条腿正露在蛇嘴外面急急颤抖着。乌梢蛇翻滚一阵后停了下来，开始吞噬起这只可怜的青蛙来。伊目不转睛地看着，直到蛇嘴里鼓鼓囊囊的东西滑进它的腹部，这一顿美味才算享受完。伊知道接下来它肯定要找个地方去消化掉腹中的食物了。果然，这条蛇慢慢向附近的草丛中游去，一会儿移出了伊的视线。

伊看完这惊心动魄的一幕，感觉整个后脊背都凉飕飕的，立马掉转身子，沿原路踅回来。一路上伊都在东张西望，害怕突然之间又有一条蛇出现。

说实话，伊以前不是没看到过蛇，胆大的王涛捉到蛇后总喜欢捏着尾巴在空中抡几圈，几圈抡下来蛇的全身骨头都松开了，然后一松手，那蛇奄奄一息动弹不得。这时，王涛上前去撒泡尿，那蛇被尿一激，又会苏醒过来，如此这般，把它弄得死去活来。伊知道王涛把玩的这种蛇是没毒的，咬在腿上最多起一个泡，不像今天遇到的乌梢蛇。村民看到乌梢蛇会用锄耙或木棍把它打死，大点的会弄回去剥皮开膛蒸肉吃，路上也不敢用手拿，只用一根树枝儿挑着，生怕蛇醒了咬人。伊不敢吃蛇肉，倒是王涛，不但喜欢吃蛇肉，还能生吞蛇胆！据说吃了蛇胆眼睛会变亮，王涛一双眼睛确实雪亮雪亮的，不知道是不是跟吃过蛇胆有关？

天色阴郁下来，岫谷里的风一阵紧似一阵地吹，很清凉。伊加快步伐，但还是稍稍晚了一点。待出了芦苇荡，豆大的雨点“啪啪啪”地滴落下来，原本安逸的羊群顿时起了骚动，在雨水里四下乱窜。

伊一边吆喝，一边拿起毛竹梢驱赶领头的公羊，好不容易把它引向回路。领头公羊一听话，其余羊只不敢乱跑，乖乖地跟在头羊后面走。等伊把羊群关进羊圈，自己已变得像只落汤鸡似的，浑身冷得直打哆嗦。

母亲见女儿湿漉漉地进屋来，忙拿块毛巾给伊擦头发，边擦边埋怨：“怎么不早点回来？没看到天公变脸了？”

伊咬紧发紫的小嘴唇，笑着不作声。

母亲把毛巾递给伊，伊到里屋褪下被淋湿的衣服，把全身上下擦了个遍。母亲拿来一身干衣服，伊把毛巾往母亲手里一塞，撒着娇：“给我擦一下后背嘛！”

伊的肌肤白里透红，泛着少女特有的光泽，微微隆起的奶子上两点殷红娇嫩无比，双腿比上身来得修长，全身却是一副娇小的模样。母亲边擦边笑：“咱娟娟快成大姑娘了，怪不得村子里的后生仔都围着咱家娟娟转，过几年只怕门槛都要被踏烂了哟！”

伊嗔道：“那就包个铁皮的好了。”

“瞎说，到时只怕扔下父母不管了。快换上衣服，瞧你冷得——”母亲把干衣服递给伊，伊边穿衣服边嘀咕：“就当洗了一回澡呗！反正也该洗澡了。”

母亲疼爱地看着拾掇得清清爽爽的女儿，门边看雨的父亲发话道："给娟娟泡碗姜汤喝，免得感冒了。"

伊喝下一碗红糖姜汤后，身体马上热乎起来。这时外面的雨越下越大，院中坑洼一片，一滴雨掉下来溅起一个水泡，一个水泡还未破灭又一个水泡出现，整个山村氤氲在瓢泼大雨中，直到夜色完全降临。

从此以后，伊对那片岫谷产生了一种很深的敬畏。伊知道许多事情不是自己所能想象的，就像若耶溪的源头，就没有个明确的地方。但是，那却是一块原始的山谷，涓涓山泉汇合成若耶溪的溪流，沿途接纳沿途渗透，貌似细小却终能汇成江河的澎湃之势，而那片有赖上天所赐的清凉，因为不事张扬而弥足珍贵，仿佛一切自然生命的源泉。

5

稻子熟的时候，桃源坪一番丰收的景象。抬眼望去，沉甸甸的稻穗迎风起伏，如同一片金黄色的海洋。这是繁忙的季节，全村男女，不分老少都赶到坪上。年轻力壮的挥舞镰刀在收割，孩子们在捡着落下的稻穗；大姑大婶忙一阵农活后还得去端茶送水烧点心……随着有节奏的“砰砰”声，壮汉们手握成束的稻穗摔打着木制的稻桶，打下的稻粒被耙进几只大箩筐，挑回去后立马趁着好日头摊到晒谷场上……除去纳粮完税，其余的都收入自家的谷仓，这是村民赖以生存的食粮。向来如此。所谓“靠天吃饭”的说法完全摒弃了农民的辛劳。人们说天道无常，这指的是自然，也隐喻着人事，确实，无常的灾害是无法预卜的。世世代代的农民严格按照祖先流传下来的节气进行耕地种田，并进行适时的松土灌溉，此外就完全靠天公作美了。在天公作美的情况下，“天道酬勤”称得上是一句颠扑不破的真理。

稻子熟的时候，伊的父亲开始犯愁，自家几亩稻谷也得收割，而自己的腰一弯下去就会疼，单靠一个婆娘说什么也忙不过来，这可真要了命了。但这天下午，伊带回来一个好消息，说是水根叔回来了。

“亲眼见到的么？”父亲听了，腾地从藤椅上仰起身。他还有点不敢相信，因为水根媳妇的厉害众人皆知，今年压根儿没作这个打算。

“是的，亲眼见到的，吊脚楼的门开着，我只是没上去探一探。”伊说。

父亲激动得站起来，搓着老手在屋子里踱来踱去，口里不住声地说：“是帮咱割稻来着，一定是帮咱割稻来着。”

母亲也很高兴，跟父亲商量道："要不把咱家那只老母鸡杀了吧？"

"杀！干吗不杀？"父亲说。

伊听了有点心疼，老母鸡还会下蛋呢，怎么说杀就杀了？但伊知道父亲是想好好招待一下水根叔，再转头想想，人家大老远地赶来帮忙，也是应该的。

晚上，水根叔果然带着王涛来串门了，还有大灰。

伊好长时间没见着王涛，只道他在外村替人家盖房。王涛穿了件簇新的夹克衫，估摸着是水根叔给买的。

父亲冲着叔直嚷嚷："哎呀！回村了怎么不过来吃饭呢！还自家生灶火啊？"

"哈哈，老哥！这不还有这小子吗？"叔笑着指指王涛。

王涛进屋来叫声"伯"，放下两瓶酒后，过来拽着伊衣袖，说要带伊去看一部好看的片子。年前村里多了两台电视机，都是外出打工的乡邻置办的。

"早点回来！"母亲吩咐了声。

伊好久没去看电视了，听王涛一提起心里也有点痒痒的，就跟了去。

"你以为真的去看电视呀？"走出院子后，王涛神秘兮兮地说道。

“那去做什么？”伊问。

“现在不告诉你，等会儿就知道了。”

“你不说我不去。”伊嗔道，停住脚步装作要转身的样子。

“好吧好吧！”王涛没办法，悄悄在伊的耳边说：“去村长家摘梨子去。”

“啊？要去偷东西？我不去！”

“什么偷？这叫均贫富！你以前不是也吃过吗？还说我！”

伊以前确实吃过他摘来的梨子，没想竟是从村长家偷的，这下被噎住了嘴，没了话说。

“放心吧，树上这许多梨子，摘它个三五个谁会知道？再说了，现在就村长一人在家，以前兄弟俩都在时我还敢去哩。”

“那你以前给我吃的杨梅是从哪儿来的？是去春兰家偷的？”伊忽然想起来，有一次吃杨梅时春兰看自己的眼神有点异样，谁不知道春兰家后院种了片杨梅树？咦，都怪自己当时没多想。

“我又没多摘。”王涛承认了。

“该死！”伊眉头一皱，嗔怪道，心里觉得怪难为情的。

“走吧！”

伊只好跟着，嘴里却道：“待会儿我才不进去哩！要偷你去偷。”

“好的好的，等会儿你就跟大灰一起替我把门。”

伊心里直犯嘀咕：替你把门也算是个同案犯。但嘴上却没好意思说出来。

两人蹑手蹑脚来到村长家的院门口。屋里的灯亮着，传出了一些声响，估摸着村长正在看电视，伊死活也不肯再踏进院子半步。王涛没法，只好小声对伊说："那你在这里把门，看有什么人过来就学一声猫叫。"

伊点点头，一颗心紧张得怦怦乱跳，连忙矮了身子躲在篱笆墙的阴暗处。

王涛低下身，摸摸大灰的背毛，轻声叮咛："大灰，你也在外面等着，不许出声。"大灰"嘤哦"了一声，乖乖地过去卧在竹荫中。王涛一边朝里面瞅了瞅，一边将夹克衫脱了系在腰间，弓着身悄无声息地溜到一棵梨树下。只见他往手心里吐了两口唾沫，然后像狸猫一样"噌噌"几下攀了上去，一会儿梨树的一丛枝叶"唰唰唰"地颤动起来……突然，随着"吱呀"一声响，屋门打开了，伊的心一下子揪紧了，好在那丛枝叶也及时停止了颤动。村长斜披着一件外褂，走到廊埠上，然后双手朝天、惬意地伸了个懒腰，解开裤带后对着院子"哗哗哗"地撒了一泡尿。撒完后，喉咙里响亮地咳嗽一阵，"呸"一声吐出一口浓痰。伊从篱笆缝隙中望去，发现村长提着裤头、正抬头看着什么东西，伊心里又紧张起来。但村长只是看了会天色，就转身进了门。等门"咣当"一关，伊长舒一口气，这时梨树的枝叶又“唰唰唰”地颤动起来。

似乎过了很长时间，终于看到王涛提着一个鼓囊囊的包裹滑下了树，蹿几步出了院子。王涛一招手，伊忙跟着往外走，马不停蹄直奔到小石桥头才停步。一路上，大灰在两人的裤管中磨来蹭去，像是得了恁多欢喜。

桥头，王涛把包裹往地上一扔，哈哈大笑道：“没事了，没事了！”

“还说没事？刚才我都紧张死了，万一村长看见怎么办？”见他开心成这样，伊有点来气。

“不可能的事！”王涛弯下腰，打开团成一团的夹克衫，露出一大堆梨子。

“你还说只摘三五个，怎么这么多？”伊看看少说也有十来个。

“去一趟容易吗？来，赶紧洗洗！”

洗干净梨后，两人坐草地上带皮儿啃起来。

“好不好吃？”王涛一脸坏笑。

“不好吃！”

王涛消灭掉三个，光身往后一仰，躺在草地上，一边用手拍着鼓起的肚子，一边闭眼哼唧着什么。伊连吃两个，感觉肚子有点发胀，只好作罢。

坐了会儿，伊扭头瞟过一眼，月光下王涛闭了眼睛一动不动地躺着，满脸惬意的神气。伊抑住笑，拽了根狗尾巴草，悄悄拿绒头去摩挲他的鼻孔。未几，王涛“阿嚏”一声，一下子仰起身，伊来不及收手，被王涛逮个正着。

“好啊！你敢太岁头上来动土！敢来摸老虎胡须！”王涛连说了两个“敢”后，伸手一拨拉，伊仰倒在地。王涛翻身跨伊身上，将伊的两条胳膊撑开着地儿按着。

“哎哟哎哟，快松手，胳膊压断了！”伊身子扭来扭去地求着饶。

“胳膊断了？真的断了？”王涛俯下身子仔细察看伊的脸，像要断定一下压的分量有多重。

王涛俯下身来时，一股男人身体散发出的热气向伊袭来，这股热气伊从仲武哥身上嗅到过，当时的自己有些目眩心迷。现在，王涛身上散发着同样的味道，而自己的身子又被一双带有体温的大腿压着，伊涌起一腔莫名的情愫来，整个身子开始发烫。

伊星目微启，眼神中带着一种迷离的渴望，又好像已把所有的过去遗忘……清朗月辉下，伊脸上现出一副神圣的仪容，胸口急促起伏着。

王涛定睛看时，见伊脸上并没有丝毫痛苦的表情，按着的两条细胳膊软绵绵的……王涛定了一会儿，忽然“哈哈”大笑起来，拿手指着说：“哈哈！装得还挺像的！”这一笑，伊清醒过来，又羞又急地抽出手来，着力推了一把。王涛只顾着笑，被这一推身子往后仰倒下去，伊赶紧起身，双手胡乱拍打着粘在衣服上的草屑。

迷乱的夜晚，蛐蛐在草丛中奏响了单调的乐曲，伊幽幽地叹了口气：“回去吧。”

“哦！”王涛答应一声，翻转身捡衣服时，发现还有几个剩下的梨：“你带回去吧！”

“不，一进屋我爹妈就什么都知道了。”

“这倒是，”王涛抓抓头皮，“那我给你藏在这里！”

王涛跑开去一会儿，摘回来两片芭蕉叶，把梨子包好后，藏到一棵樟树底下的茅草窟中，扭头看着伊说：“记住了？”

“嗯。”伊心不在焉地应了声。

大灰安静地蹲在桥塆上，不跑也不叫，作出一副守望状。王涛一声呼哨，大灰一激灵，一摇尾巴起了身，抢前跑去。

王涛斜披衣服，百无聊赖往回走。走到半途，王涛说：“你回家后跟我爸说一声，就说我先回去睡了。”说罢扬扬手朝老屋的方向走去，没走几步又扭转头喊道：“明天我还要出山，下次回来再找你！”

伊心里怅然，目送着他渐行渐远消失在夜幕中。“这个八哥！”伊轻轻嘀咕一句，又为自己刚才的失态而害臊起来。伊想，好在是夜里，肯定看不出脸上发烫的样子。伊有点生气了，真的有点生气，生王涛的、也生自己的气。

这个月色如水的夜晚，伊怀着一种不可言说的甜蜜与惆怅往家中走去。

6

羊儿出栏的日子,父亲起了个大早。伊躺在被窝里听到“咩咩”的羊叫，赶紧起身。

伊帮父亲拴了两只最肥的，要是在以往，父亲用两只竹笼一挑就成，现在只能牵着羊儿走，如此一来，不知要在盘曲的山道上磨蹭掉多久的辰光。

拴好羊后，父亲关切地说：“进屋去吧！外面冷。”

天还未放亮，伊站在院中，看着父亲牵着羊儿渐渐远去，心里有点怅然，毕竟辛苦这么些日子才养大的啊！伊呆立了一会儿，又追上父亲，父亲有点疑惑：“咦？你跑来干什么？”

“我再去给羊喂会儿草。”伊接过绳子，牵着羊儿来到草地上，放开手，任由它们啃着还未枯萎的草根。

父亲待在樟树底下，待一会儿后对伊喊：“不早了！娟娟。”

伊听话地捡起羊绳来递给父亲，父亲拍拍伊的头，关切地说：“回去吧！天还早哩！回去再睡一会儿。”

伊没有立即回去。伊站在大樟树下，看着父亲和羊儿一起过了小石桥，一直走到桃源坪尽头的山脚下，才收回依依不舍的眼光。回路上，发现自己的两只裤管已被露水打湿了。

父亲直到下午才回来，进屋喝口茶后，一个人坐在藤椅上发呆。母亲没在意，顾自念叨：“村头富海的媳妇生了个大胖小子，刚才派大女儿过来讨点黄连，我找来找去也没找到，你把那包黄连搁哪儿去了？我记得是放在抽屉里的……”母亲念叨了一阵见男人没反应，心里有点蹊跷，问起卖羊的钱时，父亲看了母亲一眼，叹了口气，说是给了水根叔：“他不容易，赊的钱一文没拿到，还尽往外贴，我去时刚巧碰到几个菜农在向他要钱，就把卖羊的钱留给了他。”

“不是说饭店的生意挺好的么？上次来还这么说来着。”

“生意是不错，可大多是赊账，光乡政府就欠了一大笔。”

“你也真是的，说什么自家也得留点儿。”

“咱不是还有几只羊要出栏吗？你不知道当时的情况，都要动手了，亏得那点钱才打发他们走。”父亲又叹口气，“开饭店不容易啊！”

母亲没了话说，伊在旁听了暗暗为叔叫屈。

接下来的日子，父亲又赶了几趟乡里的早市，把出栏的几只羊儿全卖了，给伊和弟弟各裁回一块布料。母亲带上布料，领着伊来到村里做裁缝的大婶家中，大婶拿一根皮尺给伊量了量尺寸，问母亲：“放宽些？”

“放宽些，明年还穿呢。”母亲说。

想到不久就能穿新衣裳了，伊心里乐滋滋的，可这天晚饭时分母亲却很不高兴，原来母亲一算计，发现又少了只羊钱。

“这只羊我没卖，给了水根，他那饭店不是卖羊肉的么？”

“你倒学会做好人了！给了两只羊钱，还白送一只？明年孩子学费你去筹！”

听这一说，父亲生了气，嗓门变粗了：“水根没说不给钱！他还特意给羊过了秤，你就当是借给人家的行么！没见过像你这么小气的。”

“我小气？”母亲本就不开心，听了这话更难受，红了眼睛恸道：“我再小气也不会让娟娟退学！当初都是你做的主，倒要我来做恶人。”

父亲听了这话勃然大怒，一巴掌把桌上的饭菜给掀了，站起身来骂道：“没见过你这样的婆娘！眼睛都钻进铜钿眼里去了！”

伊一边陪着母亲掉眼泪，一边可怜兮兮地瞅着父亲：“爸！不要再骂了，明年我多养几只好么？”

父亲再没吭一声，虎着张黑脸出了门。

母亲的担忧不是没道理。

年底，水根叔和媳妇一起回了村。当天下午，水根叔空着一双手上了伊家门。原来水根叔没从乡政府要回一文钱的赊账，为了还清平日里从菜农那里赊来的菜蔬，把自己仅有的一点积蓄搭进去还嫌不够，最后只能把饭店转让了事。

饭桌上，水根叔向父亲交代完这些情况，拿出一沓签过字的欠条来让父亲过目。父亲看后呆愣半晌，喉咙里艰难地憋出一句话："白纸黑字的，政府说过的话也能不算数么？"

水根叔又从口袋里摸出一张折好的纸条递给父亲，伊在边上看得清楚，纸上扭扭歪歪地写着某年某月欠羊钱若干等字样，末了还按有一颗红色的指头印。父亲瞥一眼后，整张脸耷拉下来："你把我当外人，我也不把你当兄弟！以后再不要上我家来！"

"老哥，我是没法子，这钱过了年我一定还！"水根叔涨红着脸，讪讪地说。

"谁家没个缺衣少粮的时候？你这样子还当我是兄弟么？"父亲一抬手把纸条撕了个粉碎："这事就算完了，你不要再提这码子事。还是说说年后怎么办吧！"

水根叔不好意思地搓了搓自己的双手，双眼贼亮地说："饭店我是不想再开了，明年我准备到城里去找活干！"

"那敢情好！一锄头刨不出金疙瘩来的，咱有的是力气，城里总会有活儿干的。”

水根叔离开后，母亲停下手中的活计，看着踱来踱去的父亲：“孩子他爸，不要难过了，咱过这个年关的花费还够。”

“唉，我倒不是担心这个——”父亲停住脚步，欲言又止。

“知道你在想什么，说白了这时候咱不帮谁帮？”母亲到里屋的被柜前，探身从柜子里翻出一个蓝布包来，抽出一叠钱点了几张，又把其余的收回去，转头招呼道：“娟娟，过来，把这钱给水根叔送去。”

伊“嗳”了一声，跑过去从母亲手里接过钱，临出门前调皮地朝父亲吐了吐舌头。此时父亲脸上一片晴朗，用一种会心的微笑看着母女俩。

弟弟终于放寒假了。“该死的老师，布置这么多作业，这个假还不如不放！”弟弟一进门把鼓囊囊的书包往椅子上一放，转头就发牢骚。

“作业又不是布置给你一个人做的，人家做得你就不能做得？”父亲训道。

“慢慢做，有你玩的时间。”母亲在旁劝说。

“唉——苦命啊！这可叫人怎么活呀！”弟弟夸张地慨叹一声。

“啊？这就活不下去了？过完年你跟王涛替人家砌砖盖房

去，我倒要看看你有多大的能耐！”父亲骂道。

一段日子没见着弟弟，伊发现弟弟长高了许多，嘴上居然有了毛茸茸的一圈，快成一个小伙子了，只是说话还是咋咋呼呼的，像个没长大的孩子。

托弟弟的福，晚餐比往日丰盛许多，母亲特意烧了碗红烧肉，这本是留待过年才吃的。弟弟狼吞虎咽，一个人吃了大半碗，母亲一个劲地劝道："多吃点，多吃点，看在学堂里把你饿的。"

"不是饿，是食堂里的菜没啥油水的，节约闹革命嘛！"弟弟纠正了母亲的错误。

饭桌上，一家人谈起水根叔的事，伊心里对赊账的就有点愤恨，觉得他们不只坑了水根叔，连带着把自己也坑了，这不，算起来自家的三只羊儿也算是被他们糟蹋掉的。想想真奇怪，以前放羊时能料想到这几只羊儿将来的命运吗？不能！事实却是，这羊肉最终却进了几个素不相识的人嘴里，而且还没花一文钱。在伊臆想中，他们不单是白吃了自己的几只羊，连带着把若耶溪边的青草都吃掉了一些，因为羊儿就是靠吃这些青草才长大的呀。伊搞不清其中必然的关联，但心里仍感受到一种无常造化的作弄。

"这么大的几只羊，扔河里还能溅起老高的水花哩！"这是弟弟对此的评价，一句话把大人们都逗乐了。

“你是饱汉不知饿汉饥！吃你的饭不要瞎说！”母亲笑骂道。

伊穿了一身新衣裳，出去找春兰，刚走到大屋宅门口，差点撞上迈出门槛来的仲武哥。

“哟！是娟娟呀！”仲武哥客客气气地打着招呼。仲武刚理过发，头发抹得油光可鉴，身上穿一件绛红色的西服，毛衣外面挂着一条红领带，浑身透出一股帅气劲。

“哥，你也回来了。”伊回道。

“是啊是啊！忙大半年了，也该歇歇脚了。”仲武哥拿一双亮烁烁的眼睛上下左右打量着俏模俏样的娟娟。

伊被看羞了脸，忙侧身绕了过去，走出一段路后又偷偷回了回头，仲武哥还呆愣在原地。这一下两人的眼光碰个正着，伊一颗心不知怎的“扑腾腾”乱跳起来，赶紧别过脸加快步伐，一口气赶到了春兰家。

春兰偏巧不在，出去串门了，家人也不知春兰去了谁家，伊只好作罢。

将近年底，外出打工的几个后生仔也回了村，看着他们风风光光的模样，伊也多了份心事。想来想去，村里只有春兰可以作为推心置腹的好朋友，伊有许多心里话要跟春兰讲。

回家时，伊一边走一边低头想心事。忽然想到，王涛不是说过他小姨在县城工作吗？是不是可以托他去跟小姨说说，年后让自己跟着去？伊为自己突然之间冒出来的这个想法感到得意，也有点忐忑，只觉得脚步一下子轻快了许多。

连着几天，伊去村子里转了几圈，都没得着秀姐回来的消息。

这天下午，伊一进屋门，意外地看到桌子上放着一大堆糖果和烟酒，还有一条毛茸茸的围巾，大红的围巾摆在中间很扎眼。

父母相顾无言端坐在椅子上，像是没见伊进门来。趴在桌边做作业的弟弟，抬头拿一种异样的眼光瞟了伊一眼，再低下头时却用一只手掩着口偷偷地笑。

伊感到奇怪，笑着问大家："怎么啦？这是谁送来的礼？"

父母俩对视了一下，母亲嘴唇动了动，却没说出话来，倒是趴着写字的弟弟憋不住了，抬起头来大声嚷道："姐！这是送给你的！是仲武那家伙送来的！"

"送给我的？胡说！我不抽烟不喝酒的，送给我这些东西干什么！"伊被弟弟这么一喊，像是想到了什么，一下蹿红了脸，嘴上却不依不饶。

父亲看看伊，终于开了口，口气十分平静："娟娟，这些东西是仲武和他爸一起送来的，他爸的意思是想和咱攀个亲家，给仲武定个亲。"

“胡说！我才不要这些东西！”伊又羞又急，几乎要哭出声来。

“嗬嗬！姐姐要定亲喽！”弟弟拍着桌子大呼小叫。

“你再说！”伊急得一把摘下墙上挂着的鸡毛掸帚，掉转手柄朝弟弟扬了扬，及时制住了弟弟的闹腾。

“这事我们做不了主，这不等你来一起商量吗？”父亲口气依然平静。

听了父亲的这句话，伊开始安静下来，低头盯着自己的脚尖嗫喏道：“我不想——”

“你说的可是实话？”父亲追问一句，一脸严肃。

“嗯！”伊用力点了点头。确实，自己还不想，特别对仲武哥，根本没作过多少念想。

“那好，明天我就把东西退回去。”父亲说这句话时非常果断。

“那怎么去跟村长说哩？”母亲有点担心，眼神巴巴地望着父亲。

“这还不好说？咱家娟娟还小！我就这么说。”

伊得着秀姐的消息，赶忙去找王涛。

王涛家在村东头一口半月塘边上，穿过晒谷场往左拐几十步路就到了，过去时池塘里几只不畏天寒地冻的大白鹅正优哉

游哉地在游泳。门口的大灰看伊走近去，嘴里“呜呜呜”地叫唤着，绕着伊的裤管亲个不停。没等伊叫唤，王涛乐哈哈地从屋里跑了出来。王涛仍穿着他爸买来的那件夹克衫，只是里面也系了条红领带，一脸阳光灿烂：“我以为是谁呢？瞧瞧，我这条领带怎么样？”

“我看看，嗯！打扮得像个城里人了！”伊笑道。

“我爸带来的！”从王涛自傲的话语中可以听出，他已经接纳水根叔作为他父亲的现实了。

“叔还没回来吗？”伊这几天在村子里转悠时没见着水根叔，有点奇怪。

“出门去了。”王涛像不愿多提及此事，转而招呼伊：“不要站在门外呀！像来讨债似的！”

“不了，我来是、是有件事想请你帮忙。”

王涛见伊说话吞吞吐吐的，有点发急：“有事你说嘛——”

“能不能去问问你小姨，年后她们店里还需不需要人。”

“谁想去？你想去呀？”

“嗯。”

“就这点事呀！我还以为是什么大不了的事哩！我去说，现在就替你去说！”

王涛领着伊往小姨家走，路上悄悄告诉伊，过完年自己也要出去，在上海回来的师傅已经捎口信过来了。话到这里，王涛忽然想到了什么，叹口气道："以后咱要见一面就难了！"

伊听得王涛如此说，不禁起了一丝惆怅："有机会的，过年时总还能碰面的。"

论起辈分来王涛比秀姐小一辈，两人其实只差两岁，只是从小叫惯了"小姨"，一时改不过口来。近几年伊还未进过秀姐的家门，因为秀姐家养了一条狼狗，模样凶恶，伊有点害怕："等会儿你进去吧，我在外面等着好了。"

"你是怕那条狼狗吧！跟着我你放心好了。"王涛拍拍自己的胸脯说。

大狼狗果然趴在门口，大老远嗅到生人的气息，"汪汪汪"叫将起来，龇牙咧嘴一副凶相。这时，跟在王涛后面的大灰屁颠颠地迎了上去，奇怪的是，大灰一过去，大狼狗立马变得低眉顺目，一阵耳鬓厮磨后，一前一后蹿出了院子。王涛指着大狼狗的脊背大笑道："这条母狗，正发情哩！见到我的大灰魂都掉了，还怕来咬你不成！"

王涛牵着伊的手一块儿进了门。

小姨的身材比小娟稍矮，上穿一件红皮袄，下着一条缀花裙，头发拉得笔笔直，一张苹果脸不知搽了什么粉，特别白嫩。伊乍一看很奇怪：这么大冷的天还穿裙子？

小姨见到两人进来乐开了花，脸颊上现出两个好看的小酒窝："我还以为是哪个小伙子来了，原来是王涛啊！这位是娟娟吧，来！这里坐。”小姨端过条凳子，又朝里屋喊：“妈！来客人了！”自己上前来，捏住伊的双手翻来覆去地端详，嘴里说：“几年不见娟娟成大姑娘了，咱村里出美女咯！”

伊心想，你也只比我大两岁嘛，怎么这么说话的？

小姨的母亲端了两杯茶出来，王涛叫了声“婆婆”，伊也跟着叫了声。婆婆看着王涛打趣道：“打扮得像个新郎官了！婆婆可以吃喜糖咯！”

小姨接过话头：“妈！你看人家小娟，都成大姑娘了。”

这一唱一和说得伊闹红了脸，王涛上前一步捏住小姨胳膊，稍一使劲小姨“哇哇”地叫将起来，王涛憨笑道：“还敢不敢胡说了？”

“饶了我吧饶了我吧，我又没说是你们两个。”

“好！看在你讨饶的分儿上今儿个先饶了你，再说就不客气了，哼哼！”王涛装模作样地哼道。

“不敢了不敢了，哪有外甥欺负小姨的，没有王法了啊！”小姨带着笑，连着声求饶。

王涛放开手，一本正经地说道：“姨，娟娟明年想跟你去城里，看看你们那里还要不要人啊？”

“你把我当老板娘啊？”小姨白了王涛一眼，转而对伊道：“等我回城后看看，要是店里缺人我会来叫你的。”话毕，又盯着伊，嬉笑道：“换了我是老板，冲这模样也肯定要了你。”

婆婆在旁帮腔："回去你多留点意，让小娟去那敢情好，两个人在一起我也放得下心。"

喝茶的工夫，小姨絮叨起自己在城里遇到的新鲜事，弄得王涛不住声地问这问那，满脸羡慕的表情。末了，婆婆想留两人吃饭，伊说不了，还要回家烧饭哩。

回路上，王涛显得蛮有把握："放心，我小姨答应过的事肯定能办到，往后我上城里去看你。"

"八字还没一撇哩！就指望来看我？"伊由衷地赞一句，"秀姐这人真好。"不知是在称赞秀姐的模样还是热心肠。

"你说什么？"王涛别转头，听不明白似的问了声。

"我说秀姐这人真好。"伊又重复了一遍。

王涛忽然想起了什么，一探手反扭起伊的胳膊："你讨我便宜！你讨我便宜！我叫小姨你叫姐，你不明摆着要大我一辈吗！"

伊正感到莫名其妙，听这一说不禁"咯咯咯"笑将起来："哈哈哈！谁叫你辈分小。"

"谁说我辈分小？哼！全紫阆的人都叫我一声八哥！八哥八哥，不就是他们的哥哥吗？"

"是是！全村人都得叫你哥哥，你总可以放我了吧！"伊弓着身告饶。

"以后在小姨面前不许你这么叫！"

“好好！我不叫！我不叫！”

“这还差不多。”王涛放了手。

伊强忍住笑，直到和王涛分手后，终于憋不住在半路上“哧哧”地笑将起来，笑得接不上气来为止。

吃晚饭时，伊期期艾艾地道出了此事。父亲听后没说什么，只是母亲拿衣袖抹了抹红起来的眼眶，幽幽地叹道：“咱娟娟的翅膀硬了，要飞走了。”

伊有点难受，轻声道：“妈，不要这么说嘛，我总不能待在家里吃闲饭呀。”

父亲终于开了口：“树挪死人挪活罢！出去闯闯也好。娟娟，你也大了，知道咱家情况的，做爹的要是有本事，当初也不会让你退学了。”

伊低头闷声不语。

父亲又说：“你弟上高中后，家里负担更重了，所以我说你出去闯闯也好，说不定能闯出一条活路来。”

“不！我不要姐姐出去！”弟弟嘴里含着饭，胡乱申辩道：“明年起我不读书了，我跟八哥他们到外面去、去闯荡一下江湖。”

“放屁！”父亲一拍桌子骂道。

弟弟见父亲动了肝火，赶紧收口，低头专心致志吃起饭来。

在索然中一家人吃完了晚饭，伊洗好碗筷后一个人出了门，想找个人聊聊。

伊在晒谷场边上遇到了春兰，春兰理了个短发，红扑扑的脸蛋透出一股健康气。两个好姐妹坐在场边的碌碡上，说开了心事。伊轻声道："我跟秀姐去说了，年后她们店里要人的话，我想出去。"

"去呀！干吗不去？你没见村里的伙伴都快走光了？"春兰接着说，"我也想出去哩！以前和我一起学裁缝的姐妹都到城里的服装厂上班了。"

"你有技术的，哪像我。"伊歆羡道。

"到哪不是一样？学呗！咱们又不比别人笨！"春兰快人快语，"你先去，日后我也来，咱们一起也好做个伴。"春兰如此说好像出去的事已经有了着落似的，伊被说得笑了起来。

两个小姐妹坐在碌碡上憧憬着将来的日子，不知不觉中黑夜已经降临，点点星火点缀着小山村，也点缀着年轻人的心事。沉沉夜幕下，若耶溪泛着幽光向着既定的方向奔去，带着山野原始的清香，没有什么能够羁绊它的身躯。

7

“爆竹声中一岁除，春风送暖入屠苏；千门万户曈曈日，总把新桃换旧符。”王安石的一首《元日》可窥得旧时春节场面之一斑。紫阆是个相对闭塞的山村，因为闭塞，有些淳厚的民风得以延续，并世代传承不息。

除夕之夜，每家每户张灯结彩，通宵不灭。辛劳了一年的村民变着法子将饭桌上的菜肴弄得丰盛异常：有肉圆，庆贺骨肉团圆；有鱼，祝福年年有余；有藕，祈求路路通顺；有面，祝愿长福长寿；有团圆果，象征全家团圆幸福……饭后，小辈们各分得一个红包，欢天喜地跑出去放鞭炮；大人们则围坐一桌，边嗑瓜子花生边唠嗑，谈着来年的打算……只要午夜的钟声一响，整个山村顿时热闹非凡，此起彼伏的鞭炮声响个不停。这一夜的人们喜欢熬通宵，俗话称“守岁”，而到了“一元复始，万象更新”的正月初一，第一餐必是一碗佐以白糖的汤圆，取其幸福美满之意。随后，熬过通宵的村民似乎根本没什么睡意，依然精神抖擞地赶去相公殿祭拜，噼里啪啦的爆竹声会持续一上午。

喧嚣过后，必回归长久的平淡，就像欢乐过后只剩下寂寞，此种往复老祖宗早有察觉，但与现实思维却是格格不入。

正月里，王涛跟着师傅一班人马率先走了，临行前一天，来向伊道别，两个人都不知道以后如何才能联系上；紧接着，水根叔也去了县城，丢下姑一人操持家务与农活；开学后，弟弟和仲文他们去了学校……少了这些人，宁静的村子多出一份寂寥，这，世居于此的村民感受得到。伊心里也感受到一份落寞，便一心盼着秀姐的消息。秀姐临走前说过，有消息会打电话来的，这电话只能打到村长家。伊顾不得多想，独自去了村长家。村长不在，意外地遇见了仲武哥，原来仲武哥的石场须得过个十天半月的才开工。仲武哥见伊进门来，连忙拿出糖果来招待，伊有点儿不好意思，没有过去落座，站在堂屋门口道："哥，要是秀姐打电话来你来叫我一声好么？"

"好的，有你的电话我马上来叫，怎么？你想去城里？"仲武问。

伊点点头，仲武脸上便挂了副惋惜的表情。

"哥，我走了。"伊不想多待。

"有空过来看电视呀！"仲武喊。

"好的，会来看的。"伊说这话时看到仲武哥拿一双亮烁烁的眼睛盯着自己，心头有点惶惶然，赶紧转过了身。

临近元宵，春兰回了趟村子。春兰找到小娟，说自己已经在县城找到了工作，离火车站不远，名字叫旦旦服装厂，如伊到城里的话一定来找自己。

元宵节那天，父亲出了趟山，听说乡里很热闹，有舞龙的，有跳竹马的……父亲本想带上伊，可伊没这心思，父亲只好一个人走了。中午，母亲包了笼饺子，伊好久没吃饺子了，烧火时不断往灶膛里添柴火，一心想能将饺子快点蒸熟。锅底的水开始沸腾，鼻子里都能闻到饺子的香味了，这时突然听到屋外有人在叫喊自己的名字：“娟娟！王小娟！”

伊到门边一探头，原来是仲武哥：“王小娟！快！电话！”

伊心头一热，撒开双腿往村长家跑，仲武跟在后面喊：“跑慢点！”

村长两口子正吃饭，伊进屋后喊了声“伯！”村长也不吱声，只朝里屋一努嘴，话筒就搁在里屋橱柜上。伊跑过去一把抓起来，话筒里传来秀姐的声音：“喂！是娟娟吗？”

“姐！我是娟娟啊。”伊紧张地回答。

“我们这里还缺一个服务员，我跟老板娘说了，老板娘让你赶紧过来！”

伊定定神后问：“姐，那我、那我怎么来找你呀？”

“怎么找？对了，你旁边有没有笔？记一下。”

伊求救似的看着进门来的仲武哥：“哥，你那里有没有纸和笔？”

“有有有，我给你拿就是！”仲武哥快步赶到橱柜前，伸手一阵乱摸，摸出来一支铅笔和一个空烟盒，就把烟盒摊平了递给伊。

伊对着话筒 :“姐，你说——”伊边听边在烟盒上写下一行字 : 滨江北路杏花村酒家。

“记下了。”

“那你准备一下，最好后天能赶到，我会趁空来接的。”

“嗯，我一定来！谢谢姐。”

伊搁下电话后，长吁一口气，因为紧张与激动，额头竟冒出一层细汗，回转身时不好意思地朝仲武哥笑了笑。

母亲盛好饺子在等着，见伊进屋来也不多说什么 :“吃吧！趁热。”

伊跑过去，伸手抓起一个饺子送进嘴，边嚼边说 :“真香！”

母亲用一种爱怜的目光看着伊。“有消息了？”母亲问。

“秀姐打来电话，让我马上过去。”伊坐下拿起筷子。

“我只怕你从未一个人出过远门。”

“妈！你放心，我会照顾自己的，再说那边也不止我一个人啊！秀姐和春兰都在呢。”

“那倒也是，喔，你打算什么时候走？”母亲没动筷子，一脸关切地看着伊。

“后天，秀姐说迟了只怕别人抢了先。”

后天转眼就到了。天还未放亮，母亲走到伊的床前，轻声呼唤着："娟娟！娟娟！该起床了！"

伊揉揉惺忪的睡眼起了床。洗漱完后，母亲端来满满一碗荷包蛋，笑着说："咱家娟娟已成大人了，来，把蛋都吃了！"伊吃的时候瞥见母亲往编织袋里塞了几只粽子，然后就站在饭桌边傻愣着，只顾看着伊香甜地吃着，一会儿母亲两只手不停地搓着自己的衣摆，显得忐忑不安，像在惦记着什么东西。

伊吃完后，母亲抢前几步来端碗筷。"妈！还是我来吧！"伊说道。

伊怀着一种感恩的心态洗涤着锅里的碗筷，动作很慢很慢，母亲也是站在一旁默默无言。

伊擦洗干净后将碗筷放进橱柜，待一切拾掇完毕，父亲拿一根扁担挑起放在门边的行李，回头冲着母女俩问："还有什么忘记拿的东西没有？"

伊和母亲想了想，确实想不起有什么忘记拿的东西，三人前后出了家门。

外面起了风，丝丝凉意钻进了伊的脖子。正是万籁俱寂时，乡亲们的梦在这块宁静的土地上轻轻荡漾。

父亲领头往村中走去，一会儿来到了相公殿。母亲挽着竹篮，轻轻推开中堂大门，老旧的门钮发出"吱呀"一声响，分外清脆。母亲从篮子里端出米饭、糍粑、猪肉等供品，并倒上一杯黄酒，然后用火柴点燃六支清香，均给伊一半，母女俩双手合十跪在蒲团上。伊的双眼定定地望着墙壁上方，王相公威仪的画像在朦胧中若隐若现，而更深处，似乎另有一张清癯的脸庞在注视自己，那样安宁……伊赶紧低下头默默祷告起来，为家人的平安，也为自己不确定的将来……良久，呆立一旁的父亲说了句“走吧！”母女两人方才起身，将香插进香炉。

一会儿工夫，三人穿过寂静的村落，走到小石桥头，父亲对母亲说：“回去吧！娟娟你放心好了，都长这么大了。”

母亲听这话后止了步，伊转过身，拉住母亲粗糙的手，此刻握在手心觉得格外温暖。伊端详着自己的母亲，母亲一张端庄的脸庞带有几分憔悴，眼角有几条皱纹很深，也分不清额头的青丝中夹杂了多少根白发。伊鼻子一酸：“妈！放心好了，到了那儿我会打电话来的。”

“娟娟啊，出门在外要小心，待不了就回家吧！家里饭总有你吃的。”母亲的笑容很勉强，强忍住已溢到眼眶边的泪水。

“回去吧！我送她上车。”父亲敦促着母亲。

走过了小石桥，走过了桃源坪，走上了向天岭。

这是一条山间小径，沿途颓败的茅草在脚旁招摇，茅草上的露水打湿了伊的裤脚。伊到岭顶后回头望了望，母亲瘦小的身影依然孑立在小石桥头，如身边三棵苍翠的大樟树一样默默无语。伊的目光掠过无忧无虑的若耶溪，望着远处灰蒙的村落，伊看到高高的马头墙檐屹立在村中央，它的周围，一座座散落的宅院如臣子般俯卧着——世世代代居住于此的乡亲呵，他们对土地的热爱胜过自己的身躯，也没有多大的奢望，一头牛、一张犁、一仓谷、一房面庞团团有福相的媳妇……就已足够。说他们贫瘠，其实并不贫瘠，他们的生活过得踏实而有滋有味，只要没遇到天灾人祸，大都能活得康健、活得长寿。伊默默地看着，心中油然升腾起一股从未有过的亲切和眷恋来，依依不舍地看了最后一眼，才转身跟上父亲。

翻过向天岭的岭顶后，山村已被起伏的峰峦掩没，而前方还有一座更高的道坞岭在等待。

俗话说：上山容易下山难。从向天岭的山道下来时，挑着行李的父亲已气喘吁吁，好在两山的夹径处有一座凉亭，这是先民为方便路人歇息而搭建的。四根红漆斑驳的木柱支撑着亭盖，柱和柱之间铺设着两根石板条，因为年代久远，石板的表面黝黑一片。亭上方挂有块牌匾，上书三个黑漆斑驳的草书“翼然厅”。这“翼”字的笔画如画龙飞凤，形意相合，乃中国书法艺术的独到之处。柱子两旁镌刻着对联：半岭路来来往往少不了避雨避风一座亭，五大洲碌碌忙忙多只为求名求利两桩事。

本以为父亲会停下来歇息，没想父亲说了声“不歇了，赶早车哩！”换只肩膀后，大步迈向了道坞岭。

伊虽感到腿肚子有点酸，见父亲挑了担尚且这样，只好一味跟着向前赶。

山谷中弥漫着一股清越之气，晨曦前草木的幽香扑鼻而来，耳朵里只听见枝叶与裤管摩擦的“唰唰”声。枝叶上的露水不断渗入，小腿肚感觉凉凉的，好在不停地赶路，体热把这点寒意都驱跑了，身上还微微出了层细汗哩！走在似曾相识的山径上，伊想起多年前的一件事：那是一个夏日里，王涛约了仲文还有春兰一起来找自己，说是晚上乡里要放电影，大家准备出山去看一回。伊有点胆小，但禁不起他们的劝说和强烈的诱惑，最后还是一起偷跑了出去，事先四个人一致商定不先告诉自己的父母，是怕父母不答应。印象中乡政府前的大操场上，到处是一片黑压压的人头，几个人索性站到幕布背后观看，尽管幕上的东西都掉了个个，但依然看得过瘾。上演的是八路军跟日本鬼子之间的战斗，结局可想而知，我军大获全胜。散场后，几个人往回路赶，因为头脑兴奋着，开始一段路上大家有说有笑，大灰更是跑前跑后地撒着欢。王涛学着八路军指挥员的口气“同志们，跟我冲啊！”带头在前面跑起来，几个人跟着一阵乱跑，虽然都没吃晚饭，但浑身带着劲，谁也不甘落后。等爬上道坞岭，夜已深，黑漆漆的丛林顿时变得诡异无比，春兰害怕得哭了起来。春兰这一哭，另外几个心里都发虚，胆小的仲文既不肯走在最前面，也不肯落在最后面，一定要挤在四人中间。王涛还算胆大，折根树枝条驱赶着大灰在前面开路。行进在幽秘的山径上，谁也不敢出声，春兰的哭泣变成了抽噎，耳朵里只听得王涛手里的枝条抽打时发出的“噼啪”声，好在天上有点点星光，总算勉强能看清脚下的山路。伊悬着一颗心走在最后面，当时有一种感觉，四人之中只要有哪一位尖叫一声，其余的一定会没命地往回跑。四人排成一队，后面的牵着前面的衣摆，就这样胆战心惊地翻过道坞岭，又胆战心惊地爬上了向天岭，记忆中这一段山路走得特别漫长。接近向天岭岭顶时，前方突然传来“汪汪”的叫声，王涛像侦察员似的说了声“有情况！”一矮身子蹲下来，其余三人大气不敢出一声，连忙蹲在原地。伊的后脊背上冒出了冷汗，偷眼看去时，发现岭顶上有两道淡黄的光晕在晃动，像是什么东西的眼睛，伊想起听过的鬼怪故事，一颗心顿时紧张得“怦怦”乱跳。伊前面的春兰跟仲文两人，双手抱头，几乎把头埋进了膝盖中。良久，只听到几声低沉的呼喊传来：“娟娟——”“王涛——”“仲文——”王涛回过头来：“听清了么？好像在叫咱们哩！”伊当然听清了，直起身来大声说：“啊！是咱爸他们！”这下子四人争先恐后地往岭上奔，春兰和仲文边跑边哭喊“爸！”“爸！”岭顶上正是父亲、水根叔还有村长三人，因为两支手电筒都快没电了，所以射出的光成了淡黄色。四人跑上岭顶被手电筒一照，王涛不禁“哈哈”大笑起来，原来几个人脸上汗水、草屑还有泪水搅在一起，乌七八糟的成了猴子样的大花脸。回去后都少不了挨一顿训，伊的屁股上被父亲用鸡毛掸帚狠狠抽了两下，害得伊第二天走路都一扭一拐的，这也是伊有记忆以来第一次挨父亲的打。

翻过道坞岭，等于出了紫阆的地界，伊感觉像一件沉甸甸的东西被丢弃在身后，内心感到一阵失落，失落的东西像一只无形的大手牵扯着自己。

眼前出现一条长长的小路，伊知道这条小路直贯乡里。现下路上的泥土冻得硬邦邦的，下雨的话可能连鞋子都会被粘下来。此时，曙光出现在天际，父亲不停地交换肩膀，一个劲往前赶，伊在后面紧紧跟随。

道坞岭下，伊看到远处一座小山包的山体被炸开一个豁口，底下乱石堆砌，有几块赭红色的巨石岌岌可危地倾斜在峭壁上，好像随时都会塌落下来，估计这就是仲武哥的采石场了。严冬的积雪压垮了山脚下的几间茅草棚，景象一派萧条。

一路行去，路边一条水渠跟着向前绵延，两边是一洼洼的农田。山坡谷地，一些农舍隐隐在目，许多烟囱开始冒出炊烟。该是破晓时分了，农户们不用看表就能准时起床，他们与自然互为依附。这一路走了有近一个时辰，父亲没歇一会儿脚，只是换肩的次数越来越频繁，伊好几次想接过担子来，父亲就是不许："没事没事，你走你的，这点分量还扛得住。"

随着路面渐渐开阔，两旁开始出现一些新建的民房，大概因缺乏资金，有的楼房只建到半截就停住了，从门口堆放的杂物来看，想必已住了人。路上有零散的行人，无一例外地往集市的方向赶。

天际的云霞越来越瑰丽，越来越瑰丽……这瑰丽的云霞引诱着行人的脚步，伊知道红日即将升起，新的生活即将开始。

第二章

8

现今的暨阳城，以一条浣纱江为界，分为城西与江东两大区域。城西属于老城区，江东一带是新兴的开发区。江面上三座大桥，成为往来两岸的交通枢纽，这其中，包括修缮一新的暨阳桥。

长途汽车站位于老城区，毗邻本市最大的一个小商品市场。小商品市场是市场经济的产物，以自身为中心，商品辐射广袤的乡村，生意十分红火。当然，在初始阶段，市场里难免有鱼目混珠之憾，而随着优胜劣汰的经济规律渐起作用，市场也逐步迈向规范与成熟。每天，南来北往的人们暂时到这里聚合，而后揣着各式行李与各种心思坐上长途汽车，奔向各自的前程。真所谓：众人熙熙，皆为利来；众人攘攘，皆为利往。端的一幅人世百像图。

话说伊下车后，头脑中浑然不知所措，留存在童年记忆里的老城形象早已荡然无存。面对着熙攘的人流与车流、一幢幢崭新的楼宇，一双脚不知该往哪儿迈。定定神后，伊一手提着编织袋，一手拽紧了背包带，随人流向出站口走去。

出站后，伊四下张望一番，根本确定不了方位，也没见到秀姐身影，不免暗自着急。想向一位看管自行车的大伯打探路径，忽见左前方电线杆下站着一位穿红皮袄的姑娘，模样像秀姐，正踮着脚尖向这边张望。伊快步走上前去，没走几步路，两人同时认出了对方。“姐！”娟娟激动地大叫一声。

秀姐过来从伊的肩头接过包裹，满脸埋怨的神色：“都等了半个小时了，再晚点我就回去了，要上班的。”

秀姐伸手拦住辆人力三轮车，两人坐上后，秀姐对车夫说：“去滨江北路。”

三轮车拐过站前街，沿一道长长的斜坡驶去，一会儿驶上了暨阳桥。伊看到桥栏上排列着一只只精美的石狮，张牙舞爪的模样各不同。越过此桥，便是江东地界。车在桥头往北一拐，驶入滨江路，道路两旁出现了一棵棵阔大的大叶榕。此为江东的行道树，生命力如民工一般顽强，随意裁取一段扦插，就能成活，故而民间有“插根筷子也能活”的说法。待开春之际，树枝上绽放一个个绒球般胞芽，慢慢生长出密密麻麻浅绿色的叶子，继而变成浓绿。

一路上，伊好奇地打量着车外的风景，不由心生慨叹，傻乎乎冒出一句：“姐！你说城里这么多人都不用种田，哪来的吃的呀？”

听得这话，秀姐笑得花枝乱颤：“你见过城里人受冻挨饿吗？自古受穷的都是种田人！请问你养那么多只羊，自己吃过几回羊肉？”

伊仔细想了想，确实，从有记忆起，除了婚丧宴席上夹过几筷外，就没机会好好品尝过羊肉的滋味。

杏花村酒家位于滨江北路上，大门正对两棵大叶榕之间，其外观作过一番中西合璧的仿古式装饰：回字格的窗棂典雅有致，与外墙的罗马柱一样，被涂成绛红的色调；琉璃瓦的檐台下，一块“杏花村酒家”的金字招牌，在阳光下闪亮。

三轮车停在酒店门口，秀姐抢先付过车钱，带伊迈进酒店的大门。

金碧辉煌的大厅让人晕眩，踩着柔软的地毯，伊有种徜徉在林间枯叶上的触觉。近门一处吧台，朱红台面映现出妖冶、热烈的美感，类似于伊家中的梳妆台昔日的色泽，梳妆台是伊母亲当年的陪嫁之一。秀姐将伊的包裹寄托在吧台，两人手牵手登上设在大厅内的螺旋梯。梯边墙壁上挂着一块匾，上题唐代大诗人杜牧的诗：清明时节雨纷纷，路上行人欲断魂。借问酒家何处有？牧童遥指杏花村。

两人来到二楼过道尽头，经理室的门敞开着，伊看到一个衣着华丽、略显富态的中年妇女坐在办公桌后面。和煦的阳光透进窗户，给其脸廓涂抹上几分光彩，若不是徐娘半老，年轻时想必相貌不俗。妇人对面，一个三十来岁、西装革履的男人跷着二郎腿，散漫地倚靠在棕皮沙发上，时不时地仰头喷出一口浓烟。这人体形瘦削修长，油光可鉴的头发下一双死鱼眼，让人看了不寒而栗。

秀姐伸手敲了下门，妇人听到响动，别过脸来。秀姐说："老板娘，你要的人我给带来了。"

"哦？是吗？进来瞧瞧！"老板娘吩咐。

秀姐拉拉伊的衣袖，伊只好独自走进去。走近后，伊拘谨地低头看着桌面。

老板娘细细一端详："嗯！人倒长得蛮俊的。说说，都会些什么？"

"洗菜，端盘子。"伊嗫嚅道，一双手不自然地拿捏着衣服下摆。

“端盘子？以前在哪家酒店干过呀？”

“没、没在酒店里干过，家里端过。”伊口气有点慌乱。

“家里端过？哈哈！达夫哥！你听听，这孩子说的话！”老板娘朗笑起来，然后一板一眼地对伊道：“酒店端盘子是有讲究的，上什么菜去哪个包厢不能搞错，上错了菜是要扣工资的，就这你还不够格。”

伊听了心里发慌。这时，倚靠在沙发上的男人终于吐出了一口像样的烟圈，一个好看的圆环在他头顶慢慢扩大、消散。接着，他瓮声瓮气地开了口：“哪有一来就会的？女孩子嘛只要不笨，学起来很快的。”

“瞧瞧！达夫哥都为你说情了，这丫头！”老板娘送了个顺水人情，“那好吧！你去隔壁财务室登记一下，明天开始上班，去厨房做帮工，工资嘛跟其他服务员一样。”

“谢谢！”伊鞠了一躬。出来时，朝沙发上的男人投过去感激的一瞥。

厨房，沿墙一排污黝黝的炉灶，炉灶上悬挂着巨大的排气罩。日积月累的烟熏火燎，顶上的天花板乌黑一片。这污秽的场所与金碧辉煌的大厅反差强烈。伊进去时，五个白帽白褂的厨师正围住一张巨大的案台忙碌着，另一个光头的厨师手端一只茶杯，悠闲地东走走、西望望。

厨房另有一扇小木门，通过木门，是一间用玻璃瓦做顶棚的临时建筑，墙壁角砌了两口白瓷大水槽，槽口搁着三只塑料盆。这后间，便是伊工作之所在。伊记得秀姐的告诫："光头的厨师姓张，我们叫他厨师张，酒店里除老板娘外数他最大，几个烧菜的都是他徒弟，你可千万别招惹他，扣不扣工资就凭他一句话。"

伊从事的活儿单调而辛苦。清晨，一辆三轮车准时来到后间铁门处，买菜的小工卸下一应物什。伊先对一大堆蔬菜进行挑拣，掰去一些没用的赘物，洗净后放进几只箩筐；家禽买来时多已宰剖好，只需用水清洗一下就成……大厅的玻璃水箱放养着水货，点菜时服务员会领着客人过来指定，如是活鱼，便捉将起来往后间的水泥地上用力一摔，剩下就是伊的事了。酒店还卖一些见不得光的菜肴，如野山蛇、雉鸡、穿山甲等，属于国家保护动物，对此，伊心知肚明。家乡的山野上，伊每每能撞见一些活物，虽能撞见，但要捉住它们却难乎其难，不知老板娘是从哪里搞来的。这些活物，斩杀后藏在一只冰柜中，放冰柜的地方很隐蔽，一般人难以发现。伊对酒店里一道"红烧蛙肉"的菜，深感恶心。桃源坪上多的是青蛙，庄户人从来不会去伤害，更遑论吃它们的肉了。现在，网兜里这些活蹦乱跳的小东西要被自己亲手斩杀，伊有些不忍。但不忍归不忍，这是工作，伊别无他法。

一般的服务员，上班时一律穿一身艳红的旗袍，胸卡上标明了各自的代码；秋艳作为领班，身着藏青色的西服，领口处系着一只蝴蝶结。秋艳的工作是替进来的客人安排座位，并在客人点菜时适时推荐本店的特色菜肴。秋艳对份内事完成得很出色，完后就去总台帮忙。总台管账的是老板的小女儿，长得跟个矮冬瓜似的，圆脸上的一双眼睛又细又小，还老往长满青春痘的脑门上涂脂抹粉。伊对她们心生羡慕。伊的一双手经常泡在冷水里，很快起了皴，伊坚持着，直到好心的秋艳给领回来两副洗涤用的胶皮手套，伊手上的痛楚才得以缓解。

秋艳的男朋友是达夫哥，伊实在意想不到。达夫哥不知在做什么生意，每次总是呼朋唤友地来，呼朋唤友地去。他们用餐时，多半让秋艳过去作陪，对此，老板娘一概不闻不问。伊不知这位哥的来头，问过秀姐，秀姐说："有些事知道就行了，不用多问。"伊想，自己什么都不知道哩，还不让过问？

伊从姐妹们私下聊天中知晓，秋艳的男朋友是看场子的。看场子的是谓"道上的人"，旧时指武艺高强，手下带有一帮亡命徒。达夫哥不同之处，是不喜欢显山露水，然市井早有俚语：南门王、北门张，江东有个座山雕。这座山雕就是指达夫哥。俚语隐含了两层意思，一是指达夫哥长得跟现代京剧《沙家浜》里的人物座山雕相似，二是指达夫哥的手爪功夫厉害。按说现在已迈入法治社会，但饭店与娱乐场所中的矛盾错综复杂，如果不是什么非闹到官衙去不可的事，老板也乐意花钱买个平安，保证顺风顺水。达夫哥是下江东人。

达夫哥看的场子不止杏花村一家，而且，他也不止秋艳一个女朋友。

伊不明白，高挑而漂亮的秋艳摊上达夫哥这么个人，究竟值得庆幸还是可悲？看看秋艳，待他完全是一副死心塌地的模样。伊内心里对达夫哥这人倒不怎么反感，当初毕竟是他的一句话自己才顺利留下，伊只是替秋艳感到一丝惋惜。

伊和秀姐、秋艳三人合住一间平房，平房位于下江东的一条胡同里，门前长有三棵高大的梧桐树。伊初临此地，梧桐树的树干赤条条的，干枯的牵牛花无精打采地攀附在墙壁角；廊埠的梁柱上，残留着蜜蜂的半只老巢，不知是何年所筑？平房作为下江东的遗址，被掩映在一排新建的建筑群后面，显得破旧不堪，中间被一条卵石小道，分隔成东西两半。平房的墙面，大多起了灰褐的皱皮，有些已然脱落，行走在中间，自有一份清凉自在的感触。下雨的日子，秀姐跟秋艳时常会抱怨几声，确实，每逢下雨屋里就返潮，蚊子又多，还有蟑螂。连农村都有所不及。

三间平房拼成一个“凹”字形，三人住西间。对屋的外壁角搭出一间窝棚，里面住着位瘦高身材、面容清癯的老人。老人的作息很有规律，大清早骑辆破旧的三轮车出去，傍晚时载些旧报纸、烂纸箱和瓶瓶罐罐回来。回来后，老人将这些宝贝整齐地码放在墙角下，上面还盖了层塑料膜。晚上，老人出去时换了套行头，手提两条小板凳，肩背一只小木箱。秀姐曾不屑地告诉伊说：“这人是捡破烂的，晚上赶去太平桥头擦皮鞋。”伊有一种感觉，觉得事情不像秀姐所说的这么简单，这是老人脸上流露出的气度告诉自己的。

记得领到第一个月工资时，伊很兴奋，长这么大，还是第一次可以支配这许多钱哩！晚上，伊在宿舍里旋来转去，小心眼里盘算着这笔钱该如何处置。见伊这番模样，秀姐打趣道：“哎呀！这点钱就让你高兴成这样子啊！真没出息。”秀姐感到不可理喻，顾自去了后间的卫生间。秋艳那会儿正蹲地上，忙于倒腾一只箱子，从中翻出几件旧衣服来，硬要塞给伊。伊不肯白白接受别人家的恩惠，这与父亲一贯的教诲有关：不是自己的东西千万别去拿！

“我带了衣服的。”伊摆着双手，连忙推辞。

“哎呀！别婆婆妈妈的，先放你这儿行不？”秋艳仰起脸，朝伊嚷道。

秀姐盥洗完毕，拿毛巾搓着湿漉漉的头发出来，见此莞尔一笑："秋艳给你的你就收下，人家是没地方摆哩！"伊听了，这才不好意思地接过来。说是旧衣服，其实只是款式过时些罢了，料子还是蛮新的，谁能保证几年后不会流行这些款式呢？

秀姐搓干头发，张罗着给伊套上一件淡蓝色的羊毛衫，边朝秋艳递过一个眼色。秋艳笑吟吟地过来一把将伊按坐在椅子上，自己从小提包里摸出一只精致的化妆盒，打开后，将一些色料往伊脸上涂抹起来，秀姐也在一旁帮忙，伊挣扎不脱，只好闭了眼睛任由她们摆布。

涂抹完毕，伊脸上被一只柔柔的粉饼拍打了一会儿，秋艳亲切地说声"好了"。伊忙拿过桌子上的镜子来照，镜子里现出一张陌生的脸蛋，完全不是自己原先的模样了。

"呵？"伊臊得捂住了脸。

"咋呼什么呀？这不跟电视上的明星一样了吗？"两人上前掰开伊的手，相视一笑，架起伊的胳膊就往门外走。

伊没能在胡同里脱开身，上街后人一多，一味只想往秀姐的身后躲，反被两人推搡到了最前面。伊两颊绯红，尽量作出一副若无其事状，眼光却偷偷瞄向过路的行人，若觉察有人多看自己两眼，心里便生出一份不自在。伊哀求道："行行好！咱们回去吧！"

"不行不行！回去岂不浪费了我的一番功夫？"秋艳不答应。

"你放大胆子走吧！有咱俩在后面给你撑腰，怕什么？"秀姐喊道。

走着走着，伊安静了下来，暗想在这陌生的城市，反正没人认识我的，又是在夜晚，便壮胆甩开了步伐。如此一来，其余两人反倒没了劲趣，只好跟着往前走。

清凉的风轻轻刮过街道，沉默的浣纱江泛着莹莹波光，惨白路灯映照着行人匆匆的身影，伊不明白为什么他们走路也如小跑似的，难道晚上也都这么忙碌？紫阆的村民劳作之余，多是一番悠然自得的模样，即使在农忙季节。

走过暨阳桥，前面不远处，有两个小伙子嘴里叼着烟，倚靠在艮塔公园围栏上，整个一副无所事事的模样。公园以园中的古塔命名，相传当年一代名相刘伯温莅临暨阳城，见整座城池南、西皆以山作屏障，唯东北角地势稍嫌疏泄，深谙风水之术的名相命人建起一座七层宝塔，以镇之。因地处东北，时人称之为“艮塔”，或许因此地此名而几百年来屹立不倒，躲过了无数的天灾战祸？倒不失其玄妙之所。《象》曰：敦艮之吉，以厚终也。三人路过时，穿皮夹克的家伙吹了声尖锐的口哨。一段路过后，伊心里有了主意：“秋艳姐，回去教教我怎么化妆的行么？”

“你想学化妆？行呀！这方面我可是专家！”秋艳满心欢喜，果然拽了伊的手就往回走。

踅回时，穿皮夹克的家伙朝她们打了个响指，招呼道：“小妞！陪哥们玩玩？哥们出得起钱！”

“回家陪你老娘玩去吧！”走过去后，秀姐回头大骂了一句，完了一推伊的肩膀，喊道：“快跑！”三人兔子似的向前奔去，撒下一路笑语。

9

胡同里有户人家，破墙开起了小店，开店的汉子相貌堂堂，可惜瘸了一条腿，平日里一根不锈钢制的拐杖不离身。小店的外墙角摆着一排盆景，侍弄它们可能是汉子唯一的爱好，所栽培的无外乎杜鹃、黄梁木之类。小店外卖一些日杂生活用品，一般开到很晚才关门，小店的灯光也成了姐妹们回家时指路的灯标，宿舍就在斜对面。

胡同底部有条水渠，渠宽一丈有余，浣纱江的江水通过暗设的管道一路涌来，到此豁然开朗。附近的人们多半靠了这水渠洗涤杂物。以前水质清爽时，夏天一到，孩子和大人都喜欢跳进渠中嬉水玩耍。通过此一水渠，源源不断的江水流向江东的大片农田。即使水质变污了又怎样？只要还没达到严重关切的程度，照样肥沃得了土地、茂盛得了作物。老江东人因为早就喝上了干净的自来水，也不会对此表不满。

伊有时去宿舍附近转悠，总会碰到一些闲人。有廊埠上下象棋的，身后必围住一群人指手画脚地出主意；屋檐底下，年迈的嬷嬷安静地织毛衣、纳鞋底……因为田地被政府征用，几乎一夜间，老江东的子民从农民变身为城市的居民。这些侍弄惯土地的人，面临一个完全陌生的环境，目光中茫然不知所措。在过了最初的一段平静日子后，有的靠分得的几个钱做起了小本的买卖：有去菜市场卖菜的，有开自行车修理铺的；还有的圈养起一窝小猪，每晚骑一辆三轮车出去，收来饭店的泔水喂养……其中有许多人家，变着法子将自家房子腾空几间或在老宅上翻建起一层阁楼，靠收取一点租金来维持生活。他们冷眼看待周围发生的变迁，随着时间的推移，慢慢将心中的土地情结埋葬。

日子像一杯白开水一样被吞咽下去，三棵梧桐树悄悄持续着自己的轮回。

服务员里面，伊的年龄最小，干的活儿也卑贱，但伊的心情很快乐。因为，从来没有一个姐妹会流露出瞧不起自己的意思，相反，就餐时常把一些好菜夹给伊、和她说些关心的话。虽然众人的宿舍分处不同的地段，但彼此间都懂得理解与体谅，这让伊感受到一种别样的温馨。可能，这些来自天南地北的同胞姐妹都有相类似的经历吧。

伊记挂着春兰，很想抽个时间去探望。

天气渐渐暖和起来，秀姐平日里得着空闲，必拉上伊去逛商场。对伊来说，逛商场大多是走马观花，不长时间里，倒是对周围的街道与商场烂熟于心；而秋艳更替服装的速度比头上的发型变化得还快，并且一律是高档的时装，并且不用自己掏钱去买。

“找对象就要找达夫哥那样的，年龄不是问题，关键是这个——”某次购物回来后，两人坐在床沿边聊天，秀姐将右手举到自己面前，大拇指和食指搓了搓，做了个数钱的动作。

“说说，你将来有何打算？”秀姐一脸关切地问。

“打算？”伊轻轻摇了摇头。将来对伊来讲，实在是个遥远的概念，如果说以前读书时偶尔还会漫无边际地幻想一下，现在根本连幻想的念头都丢失了：“我没什么打算，先在这里干几年再说吧！”

“我是问你对将来作何打算，你没想过以后嫁给城里人？嫁个有钱人？难道一辈子待在穷山坳里？”

“不！我不想一辈子住在城里，城里好是好，只是——”伊语噎了。身边的城市给伊全然不同的感触，早已不是记忆中的模样：颓废的城楼不见了，路边的摊贩不见了，街道也不再是从前的街道……诚然，记忆里的东西只是一片模糊的轮廓，总该有一些脉络可以延续的吧！但伊没找到，或许找到了，也正在湮灭之中。现在呈现在眼前的，是一条条变宽的路面和一幢幢新建的楼宇，楼宇下面的店铺一派富丽堂皇，门楣上悬挂着五彩斑斓的招牌。许多以前的老宅被推倒，又有许多新的建筑矗立起来，随处可见林立的脚手架。大街上车轮滚滚，弥漫着汽油与灰尘的味道……这番气象让伊觉得新奇，又感到某种失落，仿佛丢失了从前的记忆。每个夜晚，浮现在伊脑海的，是从前放牧时的景象，在迷糊的幻觉中，桃源坪四季分明的景色交替出现，带着熟稔的田野气息将自身包围；梦中的若耶溪清澈见底、草地上羊群洁白……在若即若离的幽冥中，会出现中堂上王相公那豹眼突鼻的威仪形象；而那张清癯，躲藏在幽冥更深处，自有一份宁静与清凉。万籁俱寂时，更多的触须爬向了藏绿山和山中那条清凉的岫谷——伊不清楚除了这些，还有什么能让自己牵挂。

“只是什么？唉——只要有钱，城里什么都好哇！”秀姐没理会伊在发呆，自言自语道。

白天，手头的活儿告一段落，伊会穿过公路，倚着岸边栏杆欣赏会儿江面上的风景。其实江面上也没什么风景可言，伊只看到浑浊的江水和偶尔驶过的载满黄沙的船只。若让目光越过对岸新旧交替的楼房，视线便被一座形如黛螺的苎萝山所挡，或许只有它，岁岁年年未曾改变。伊知道沿江溯回，终能抵达自己的家乡，眼前的流水中必也掺和了若耶溪的水质，只是那份清澈，早已不在。

伊记挂春兰，跟秀姐提了几次，姐满口应承却没有付诸实际行动的意思。伊等不及了，终于趁一个来客稀少的傍晚，跑去跟秋艳商量。按照店里规定，每人每月可以调休两天，伊心眼好，生怕别的姐妹干不惯自己这份活，一直没动过歇息的念头。秋艳对伊所求满口应承，只让伊隔天早点上班，将头天留下的活儿干完就成。

伊没有回宿舍，仿效秀姐，在店门口拦了一辆三轮车。开始伊还有点忐忑，生怕车夫找不到路，自己也不清楚具体位置呀！没想一说起去旦旦服装厂，车夫说声“知道”，卖力地踩着三轮车“吱扭吱扭”急驶而去。

约莫过了十分钟，三轮车停在火车站脚的一幢大楼跟前。下车后，伊看到大楼门口挂有一块“旦旦服装厂（二楼）”的牌子。伊在门口转了转，感觉这不像工厂，倒像是一家小作坊。伊定定神后走上了楼梯。

一位值班的大伯拦住了伊。大伯待在隔间里，隔间占据着楼道转角的一部分，门口挂着一块木牌：值班室。

“找谁？”窗口，大伯一脸严肃。

“大伯，我有个朋友叫春兰，在这里干活。”透过旁门，伊看到车间里灯火通明、马达阵阵、人头攒动，伊希望从中能见到春兰的身影。

“上班时间不准会客。”大伯十分固执。

“大伯，我特意赶来的，能让我见一面么？就一面。”伊恳求道。

见伊焦急的模样，大伯总算松了口：“只准五分钟。”

“好的！就五分钟！”伊生怕他反悔，满口应承。

大伯进了车间，伸手朝一处角落招呼着什么，车间的机器声很大，伊听不清他的叫喊。一会儿一个穿着蓝色工作服、剪着齐耳短发的女孩子从中走了出来，伊一眼认出是春兰，春兰也看到伊，跨出门槛时尖叫了一声：“娟娟！”

两个好姐妹手拉手站在一起，相互端详中，伊发觉春兰的眼眶边挂着淡淡的黑晕，整个一副有气无力的样子。伊关切地问：“怎么？病了？”

“没，我怎么会生病呢！只是加班加得有点累，好多天没好好休息了。”春兰笑笑，笑容中现出了以往的活泼劲。

“活儿很多吗？”

“是呀，我们每天起码干十二个小时，按件计酬的。”春兰接着道：“反正干的活多，工资也高。嗳！你那边怎么样？”

“我年初就上来了，和秀姐在一起。”

“哦！干什么活呢？”

伊有点不好意思，总不能说自己在洗菜吧？伊略一沉吟：“还不是跟秀姐一样，做服务员呗！”

阁楼里的大伯抬头看了眼墙上的挂钟，对两人说道：“时间快到了。”

听了这话，春兰着急地对伊说：“等空闲了我来找你，好吗？”

“好的，空闲时你一定来！”伊知道春兰不能久待，“对了，我给你留个联系电话吧！你有纸笔吗？”

春兰转身亲热地喊道：“大伯！能借我纸笔用一下么？”

大伯瞪了一眼，伸手从墙上撕下一张日历来丢在桌台上，春兰从窗口探进手去，拿出纸笔来。伊贴着墙壁写下一串号码和秋艳的名字，对春兰说：“秋艳跟我同一个宿舍的，你有事就打这个号码找秋艳，秋艳会转告我的。”

两人亲热地拥抱了一下，春兰作了个调皮的笑容，回身进入车间。

伊记得来时的路，慢慢往回走。

伊的心情跟一盏盏路灯一样，映着落寞的光晕。原本今天来，指望能与春兰快快乐乐地待上一阵子，多说会儿话，可事与愿违，春兰那么忙，身子那么疲惫，只能等将来有机会再说了。

路过火车站，伊看到旅客们待在候车室门口，有的嘴里叼着卷烟，脚旁放着大包小包，有的拖儿带女坐地铺上吃着什么……这些人脸上的表情都是阴郁的。也有衣着光鲜的旅客在门口转悠，可能仅仅为抽一支烟？或是等待什么人？出站口泊着几辆出租车和三轮车，驾驶员一边探头交谈，一边眼巴巴地瞄向车站的甬道，期待下一拨出站旅客的到来。车站广场上，珍珠白花岗岩砌成一个圆形水池，池壁筒灯探射出的灯光，映亮了中间一道高高的水柱，高高的水柱落下来，与水面相碰触响着“哗哗”，伊知道这是喷泉，城市里的一种装饰。所谓装饰，就是给人看看的，实际没什么用途。

行走在人行道上，不时有车辆从身边呼啸而过。一些店铺开始打烊，店铺上面的霓虹灯依然闪亮，散放着美轮美奂的光芒。一路走着，不时与行人擦肩而过，他们光鲜的衣着让伊自惭形秽，觉得他们才是这座城市的主人，拥有这里的一切。而自己，为了生活才来到这里，拿着微薄的薪水，干着下贱的工作，什么时候只要老板娘发句话，就得离开，不存在拥有与不拥有的问题，自己根本不属于这个城市。

往东拐弯，走上一条宽阔的街道，路牌上标明“红旗路”。前方，一幢宏伟的建筑出现在眼帘。伊看到大楼里一派灯火通明，两名威武的警察守在门口，“为人民服务”五个金色大字沉甸甸地压在他们头顶，原来是现时市政府所在地。伊记起了多年前那个端午节自己来到县城时的情景，不是也经过市府门口吗？不，是县府门口。那时此地是一座重檐叠瓦的孔庙，门口蹲着两只大石狮。对了，后来听说下面的乡镇为建造市府新大楼在搞集资，不曾想建得这么快、这么气派……伊恍惚中觉得世界变化之快，超出了自己的想象，那座气势庄严的孔庙，亦已成为记忆中的过往，已不复存在了。

过了红旗路，拐上半爿街。之所以称为半爿街，是因为街道一侧没有楼宇，只拦着一段高高的江堤。这时，一群背着书包的学生骑着自行车飞驰而来，大概刚放了夜自修吧，这群和弟弟年龄差不多大小的女孩子，她们掠过身边，抛散着一阵阵欢快的笑声。

踏上修缮一新的太平桥，桥栏上串着的无数彩灯映红了桥面，与两岸楼宇上的霓虹交相辉映，绚烂夺目。桥上的伊轻轻吁了口气，只有吹拂过的清风知道，多年以前，在这里，一个小女孩曾观看赛龙舟而将小手拍得生疼，那一阵阵震耳欲聋的擂鼓声、喝彩声，似乎还响彻在记忆的天空。

沿着滨江路往北走，伊的肚子“咕咕”直叫，这才想起晚饭还没吃哩！伊留意街道两边，终于在暨阳桥桥堍发现了一处小吃摊。这种小吃摊的摊主跟地下工作者一样，为躲避城管的检查，多半到夜间才出来活动。伊上前买回几根苞谷棒，一边啃一边向自己的住地走去。

酒店已经打烊，往北走百余步就到了胡同口，胡同里，小店的灯还亮着。伊经过时，瘸腿的店主正准备上排门，看着他吃力的样子，伊也没说话，将手中的塑料袋往台阶上一放，帮着上好一扇扇排门，然后回了宿舍。

宿舍里没人，伊简单洗漱一下后上了床。躺下没多久，秋艳和秀姐一起回来了。

“你跑哪里去了？咦，还买了夜宵？”秀姐一眼瞧见了桌上的苞谷棒。

伊欠了欠身子：“你们吃吧！我刚才去找春兰了。”

“见到了吗？”秀姐问。

“见到了，春兰很忙。”伊疲倦地说。

夜色深沉，灯火昏暗，秀姐和秋艳对坐在桌边啃起了苞谷棒。伊躺在床上，想着见春兰的一幕，思绪万千。忽听秀姐说了声：“等等——”伊侧眼望去，见秀姐探过身，伸出两根手指从秋艳手中的苞谷棒上轻轻抉下什么东西，口里夸张地尖叫一声：“咦？一根毛！”秀姐将手举到鼻尖，自言道：“这是根什么毛？”秋艳也探过身，两人在灯光下对这根东西研究了一番，然后，不动声色地相互看一眼，终于憋不住“咯咯咯”大笑起来……秀姐用手捂住肚子，嘴里“哎哟哎哟”叫个不停；秋艳把头埋在胳膊底下，两只肩膀都在急急颤抖。此番情景，弄得床上的伊一头雾水。

在迷糊的幻觉中，伊的灵魂又来到桃源坪上空飘荡。伊看到一个小女孩背着书包、骑着自行车在坪上飞驰，弟弟跟在后面奔跑，边跑边叫喊着“姐姐、姐姐”。小女孩大声地笑，笑得整个桃源坪都在旋转。忽然间换了人，骑车的变成弟弟，女孩站在溪畔，书包和自行车都不见了，女孩焦急地四处张望着……许多粉红的花瓣涌来、连绵不断地涌来，吞没了自己的身子。纷纷扬扬中，一些花瓣落入溪水中，小女孩光着脚丫站在水里，双手拿着篓网在捞，却怎么也捞不完……伊急得掉下了眼泪，梦醒后脸上依然留着泪迹。

10

江边一座晚晴亭，红漆斑驳的四方亭柱支撑着一顶琉璃瓦亭盖，外表黯淡无光泽。整座亭的造型，灵巧中透着沉重，这或许跟年代的久远有关。大概受此启发，后来暨阳城的几座大桥东麓，各建了一座亭，虽有东施效颦之嫌，倒也给小城平添了几许风情。

每到傍晚，老江东的大婶大伯走出各自家门，自发地汇集于此。众人中，拉二胡的拉二胡，吊嗓子的吊嗓子，端的热闹非凡。伊待在后间，常听见扩音机里传来的越剧唱腔，音调或高昂或婉转——“说什么花无百日鲜，却不闻、梅经霜雪香愈久；说什么人无千日红，却不见、血溅青史映春秋。谁知你谁知你、认认真真全忘记，清清白白丢脑后……你可知，掌上观物笼中鸟，要想飞腾无自由，劝妹妹，想想透；劝妹妹，回回头，莫饮这杯迷魂酒……”

他们借此来对昔日生活作一番念想，仅有的一点念想。时间稍长，伊也能像模像样地哼上几句。

作为杭帮菜的传人、杏花村酒家的大厨，厨师张自有一手过人的手艺。他的拿手菜“千层扣肉”，最大特点是刀工出众。此菜外观呈一座金字塔形，由一长片切得薄薄的扣肉堆叠而成，吃在口中香而不腻。若配上一道酸滑爽口的“莼菜汤”，令人回味无穷。杭帮菜讲究“二轻一清”，即轻油、轻酱与清淡，应了湖光山色的恬静秀丽，成为美食的无上境界。

厨师张的嘴上功夫跟他的手艺一样，在小城的同行中闻名遐迩。

逢五的日子，这帮厨师会例行一道过场。晚上，食客散场后，厨师张单独待在二楼包厢里，徒弟们依次端来他所点的菜肴，然后拱手立在一旁。厨师张的本领在于，什么菜只要入口一品咂，便能道出个子丑寅卯来，比如哪里火候不足、何处佐料欠妥等等，完后一扔筷子，用清水漱一下口后又开始下一道菜的品咂。而作为烹制这盘菜的徒弟，须得把师傅尝过一筷的菜全吃光，再依其指点重新去烹制。如此这般。

生意红火的时候，厨房里常响起厨师张的呵斥声，不是在骂这个就是在凶那个。伊有时将洗干净的菜端进去，无意中瞥见一张长满赘肉的脸，光头下一双阴沉沉的眼睛总是眯着，这种人，你永远不知道他在打什么主意。伊不害怕，自忖只要活儿干得认真，不拖泥带水，不让他找着碴儿就成。

秀姐在外面交了好几拨朋友，这些朋友无一例外都是杏花村酒家的常客，年龄参差不齐，老的跟伊父亲差不多大小，小的也就二十出头的模样。他们来酒店，指明要坐秀姐服务的“玫瑰苑”，如此还嫌不够，酒足饭饱之后常邀其出去玩，每次去，不到深更半夜不会回来。老板娘对此事睁一只眼闭一只眼，这些老客户可得罪不得。

三个小姐妹中，除伊的性情嫌文静外，其余两个都是心地乖巧，长得一副伶牙俐嘴。如若生在富裕人家，保不定将来也有一番出息，可惜都早早辍了学。有天晚上，三人聚在宿舍玩纸牌，其中一局，秋艳对脸露得意之色的秀打趣道：“不要以为拿了一对至尊宝就想着把大小鱼儿一概通吃！”

“哟！你也知道呀！什么大鱼小鱼？我只想钓一只金钱龟。”秀姐笑容可掬。

“那你什么时候钓来让我瞧瞧？”秋艳笑问。秋艳来自遥远的六盘水，到了春夏交替之季，总会时不时念叨起六枝的樱桃，满脸向往的神色。对于家乡，用秋艳的话概括：那里的空气都是甜的。

“等着吧！不是不钓，时候未到。”秀姐道。

秀姐手里果然有一对至尊宝，这一局当然成了赢家。伊对两人的谈话似懂非懂，记得秀姐后来又神秘兮兮地说：“对付男人，得让他闻到腥又吃不到，才能吊他胃口。”伊一下没明白过来，闻到腥？难道自己是鱼，男人是猫？秀姐的这句话让伊玩味半晌。

不过从伊到来始，秀姐从未在外面留过宿，倒是一个不争的事实。

民俗中一个黄道吉日，杏花村酒家张灯结彩，承办了一场喜宴。

下午，伊打扫完宿舍，便将一头乌黑秀发用一支镶珠花的发髻扎了，提早去上班。从伊到来始，宿舍里的卫生、脏衣服什么的都让伊一个人承包了，做这类事伊无怨无悔，在家时就这样。当然，秀姐和秋艳为表示感谢，会时不时买来瓜果什么的犒劳伊一下。

伊来到后间，一大堆菜蔬洗下来，累得腰酸背疼。厨房里也是热火朝天，厨师张亲自下厨，烹调出拿手好菜，光头上溢出的不知是油水还是汗水。直到纷至沓来的客人用餐时伊得空闲，就着水龙头往脸上抹了把凉水后，顾自坐在小凳上歇息。

大厅里的喧哗声刺激着伊的耳朵，划拳声、碰杯声、叫嚷声交织在一起，伊不知这帮客人是从哪里冒出来的，一般来说，城里的喜宴，少了分热闹，多了分安静，这也是城市与农村的区别。伊见识过的几场，来客大都很斯文，很少大声喧闹的。这回却不同，有几个的嗓门很大，喧哗声此起彼伏，好不热闹。

伊抿着小嘴，双手托着下巴，坐在小凳子上出神地聆听着。按照以往的经验，过会儿一定有场好戏上演，因为新郎新娘敬酒的当儿是酒宴的高潮，大伙儿会变着法子作弄。

果然，喧哗声突然高涨，伊知道准是新郎新娘在向众人敬酒，不由想起大屋宅的喜庆场面来，连带着，想到了水根叔：嗳？水根叔不是来县城了吗？不知现在何处，要是能碰到那该多好……伊胡思乱想的当儿，外面下起了雨，细细密密的雨滴敲打顶棚，发出了“叮叮咚咚”悦耳的声音。

散场后，姐妹们抬来几箩筐的碗筷瓢盆，水缸里堆得如座小山似的，这是伊要完成的任务，不过眼下，伊得先去吃饭。

众姐妹围坐在大厅的圆桌旁，桌上放着几盆简单的菜肴，一群人一边吃一边看电视，一边“叽叽喳喳”说个不停。这是空闲的时刻，这时伊有机会看看电视，酒店的大彩电就悬挂在大厅一角。厨师们在另一桌用餐。厨师张每餐必喝酒，喝的是五年陈的绍兴花雕。几盘精致的菜肴摆他面前，徒弟们谁都不敢把筷子伸到他鼻子底下去夹菜。

伊环视了一下四周，发现了两张新面孔，小声问旁边的秋艳，秋艳若无其事地说："走了两个，这是新来的。"伊记不得走的是哪两个姐妹，从秋艳说话的神气看，可谓是司空见惯的事情。

饭毕，新来的两个服务员帮着收拾桌子上的杂物，替伊端到后间。临走，一个扎条长辫子的学着越剧里的花腔，朝伊一欠身子："有劳兄台了！"唱完"嘻嘻"笑着跑了开去。

伊拧开水龙头，加入一点洗洁剂，不久泛起的泡沫溢满了整个水缸。伊洗涤时听得外面"哗啦"一阵声，是卷帘门拉下来的声响。打烊了，酒店里顿时安静下来，伊待会儿可从后间的小铁门出去。

正是初夏季节，炎热早早降临了这个小城，后间闷热不透风，连电扇都没装。伊的衬衣早渗出了汗水，而伊浑然不顾，偶尔抬起手臂来抹一下额头，是怕汗水模糊了双眼。

洗涤完毕，伊将盛满物什的竹筐端进厨房，将一叠叠碗碟放进高高的橱柜中，筷瓢也各有摆放的地方，伊清楚怎么样才能摆弄齐整。端第二筐物什时，外面的卷帘门轻轻一阵响，伊没在意，或许是哪个过路人不小心蹭了一下吧？

厨房里，伊费力地捧起碟子准备放进上面的搁板，眼角里有个人影一闪，伊没来得及回头，身子已被一双粗壮的手搂住。“哎呀！”伊一声惊呼，手中的碟子滑落下来，跌地上摔得粉碎。伊扭动着身躯，无奈腰间那双手箍得紧紧的，几乎喘不过气来。伊惊惶中一扭头，睥见一张泛着油光的胖脸，竟是厨师张！厨师张臭烘烘的嘴一个劲往伊雪白的脖颈上啃，边啃边嘟囔：“不要叫，不要叫，叫了也没用。”

伊拼力挣扎，但无济于事，情急之下，伊张开嘴朝胸口那只毛茸茸的手臂上狠狠咬去，厨师张“哎哟”一声，手一放松，伊借此脱开了身。还没等跑开，厨师张探出五爪，一把逮住了伊的领口，伊用力一挣扎，“哗”一下衬衣扣子全掉了，露出一截白嫩的胴体，厨师张再一拨拉，伊站立不稳，仰翻在案台上。

眼见得厨师张就要扑上来，伊又羞又急，惊慌中瞥见案台上一把菜刀，忙探手抓过，刀刃直逼向厨师张的脸。“别过来！你别过来！”伊急急地叱道。

厨师张见状住了身，讪笑道：“好说，好说，我回来拿点东西。”厨师张退后几步，拿一双充满血丝的眼睛瞪了伊一会儿，掉转身拉开橱柜上的抽屉翻找着什么。

伊慢慢挪开身子，如一只受惊的小鹿般瑟瑟躲在角落里，一手执刀横在胸前，一手扯扯衣摆遮住暴露的身体。厨师张嘴里嘟囔着，也没见捣腾出什么东西来，回头瞧见伊这般架势，便“砰”一声恼怒地关上抽屉，悻悻然走出了厨房。

伊听见卷帘门拉落的声音，仍握着菜刀守在原地，待了会儿没见什么动静，伊小心翼翼地退至后间，将菜刀“咣啷”往地上一丢，打开铁门如兔子般跑了出去。

大街上，细密的雨下个不停，雨幕中，伊跌跌撞撞地跑回宿舍。宿舍里没人，伊将门一关后长吁一口气，一颗心犹自噗噗乱跳。

伊神情木然地坐在床沿，坐着坐着不由心生委屈，趴在床上哭起来，又怕出了声，一边哭一边拿枕头捂住了自己的脸。过会儿，伊站起身，呜咽着走进卫生间，褪光全身衣服，把水龙头扭到最大，任由湍急的清水冲刷自己白嫩的胴体，又拿过毛巾来狠狠一番揉搓，直到浑身皮肤发红才罢手。

伊换了身干净衣服，把撕坏的衬衣塞进一只塑料袋，拎着出了门。

伊往胡同底部走去，径直来到水渠边，然后将手中的塑料袋用力向水渠中抛去，像除去一件十分恶心的东西。回来后，身子已十分疲惫，牙也没刷就躺进了被窝。在床上，伊又流下了屈辱的泪水，怎么止都止不住……

秀姐进屋时，伊已睡着了。

秀姐拎回一大袋水果，见伊睡得香甜，不由动了歪念。秀姐挨近前，拿一串香蕉在伊鼻尖上轻轻蹭着，蹭了没几下，见到伊脸上的泪痕，不由惊呼起来：“呀？哭过了？谁欺负你了！”

秀姐这一喊，伊醒了过来，见是姐，已止住的眼泪“哗”地流了下来，仰身把头伏在姐身上“呜呜”哭起来。

“好妹妹，好妹妹，不要哭，有什么委屈告诉姐，姐替你做主！”秀姐抹着伊的眼泪，安慰道。

“姐！我要回家！”伊哭诉道。

“慢慢说，有什么事？姐替你做主！”

伊抽噎着将事情说了，秀听后也红了眼眶：“这个畜生！我早就看出不是好东西！明天我去跟老板娘说，把这畜生一样的东西辞了！”

“不！姐，咱斗不过人家的！我要回家，我不想再待下去了。”

“你放心，总有办法的。”秀姐沉吟半晌。确实，老板娘是不会因这事而开罪厨师张的，这样会影响酒店的生意。而让伊就此回家？当初毕竟是自己带出来的，回去怎么向乡邻交代？

“这么着吧，明天我替你告个假，你先好好休息一下，这事你放心，总不能便宜了他！等我和秋艳商量商量再说。”秀捋捋伊的额头，安慰道：“睡吧，好好睡一觉，明早醒来就把这事儿给忘了。”

第二天上班，秀姐替伊告了假，自己去替了伊的活儿。秋艳感到奇怪：“咦？昨天不是还好好的么？怎么就病了？”

“哦，大概昨晚上被雨淋了，有点感冒。”秀姐随便找了个借口。

秀姐进厨房时，见厨师张的胳膊上包了块纱布，知道是让娟娟给咬的，心里又好气又好笑。洗菜时，故意把缸里的水弄得“哗哗”响，像在发泄心中的愤懑。其实，秀姐一直在心里盘算这事该如何处置，没等自己盘算好，老板娘倒使人来叫唤了。

“嘀嘀！这事我全知道了。”秀一进门，老板娘就笑嘻嘻地道，“老张那里我教训过了，我说‘人家那么点小丫头，你还欺负人家？’老张保证过了，保证以后不会再对人家动手动脚。你让……叫什么来着？”

“娟娟，王小娟。”

“对了，你让王小娟来上班吧。”

“要是不肯来呢？”

“那我也没办法，总不能赶老张走吧！他也吃了亏，胳膊上的肉都被咬掉一块，小丫头还挺厉害的，嘀嘀！”老板娘满脸讪笑。

“好吧，我去劝劝看。”

秀姐出来后，脸上的表情很难堪。事情确如娟娟所猜想，老板娘宁可辞退伊也不愿开罪厨师张。娟娟？一个洗菜的，辞了就辞了，街上多的是找不到工作的外来妹，随便一抓就是一大把。

秀姐整个上午都在考虑，知道娟娟决不会答应就此回去。过一段时间可能碍于自己的情面会答应，但自己也不放心。厨师张这种人本没安什么好心，见老板娘对他仍这么客气，更加会不当一回事。这次侥幸没让他得手，以后说不定真弄出事来，到时吃亏的只能是娟娟。秀姐感到不解，老板娘是如何这么快知晓这事的？

下午，秀姐瞅个空，将秋艳拉进包厢里，和盘托出了这事，让秋艳想想办法。秋艳很为难："我能有什么办法？厨师张的为人你又不是不知道，连老板娘都要让他三分。"

"总不能眼巴巴看着娟娟回家去吧！"

"这倒是。"秋艳想了想，说，"最好是换个行当，不要和厨师张搭界。"

"这样最好了！你去跟老板娘说说？"

"我？我哪有这个能耐，酒店又不是我开的，我跟老板娘也不是什么亲戚。"

"你让达夫哥去说呀！"秀姐想，如果达夫哥能出面那是最好不过了。

"他呀，我去劝的话不定要骂我一顿哩！他从不插手这类事的。"

秀姐心想，他不插手这类事？他不插手的话你能当上领班？

工作清清爽爽的不说，工资还比我们高上一大截。

“你不去就算了，到时候我俩到别处去，省得在这里受人欺负！”秀姐口气中满是无奈与愤恨。

“别这样，我去说说看，我也拿不准的。”秋艳说道。

“我替娟娟谢谢你了，实在不行，我就跟老板娘去说，我和娟娟交换一下工作。”

11

新的工作初始，伊领教了“挥金如土”这句成语的含义。来“芙蓉阁”用餐的客人，一顿下来吃个千儿八百的是常事，伊替他们结账时，总在想，这抵得上老家一个壮劳力半年的收成哩！这样一顿饭就吃掉了，而且桌上还剩下那么多菜肴，有的根本没动过几筷。

伊将这些想法拿回宿舍一说，惹来了秀的一阵讥笑：“说你傻你就傻，这有什么好奇怪的？去年达夫哥送给秋艳一小瓶法国香水，值两千多块哩。”秀姐环起两根纤纤手指，比画了一下香水瓶的大小。

“怪不得秋艳身上总有股好闻的香气。”伊恍然大悟。

“所以，你用不着大惊小怪，什么事见惯就不怪了，说不定自己将来也有这么一天的。”

这天伊的问话，好像勾起了秀的什么心事，开导完这些，临睡前秀姐说道：“嗳，娟，要是有一天姐走了，你可得自个儿照顾自己了。”

“哪能呢？要走我就跟你一块儿走！”

“唉——哪有一棵树上吊死的道理。睡吧睡吧，睡着了就什么也不想了。”秀姐不愿多说。

伊对秀姐一直怀了很深的愧疚，觉得因为自己，才生生让其遭了罪，去干又脏又累的活儿，尽管事后姐并没有一句怨言。

伊细心揣摩、请教，很快熟悉了自己的业务，发现这里面大有讲究。例如上前斟酒，须从席间最重要的一位人物开始，这得靠自己的观察。上菜的次序是排定了的，一般先上冷盘，再上热菜，冷盘一上就得开瓶斟酒，免得让客人空等。上热菜时，间隔的时间不能太短，太短了客人吃不过来，菜会变冷；也不能太长，太长了会冷场。生意闹腾时，如果所点的菜迟迟不来，伊会走下楼梯，到厨房门口催促一声，但从未踏进过半步。对厨师张，伊一直心存余悸。

来的都是客，毋分贵与贱。客人甫一落座，伊赶紧泡上一壶茶，轮圈给每人斟一杯。上菜时，每上一道伊便唱一声：“琥珀冬瓜”“鲍汁牛柳”“鲜菇炒鱼片”……末了还关照一句：“菜上齐了，各位请慢用。”伊生性乖巧，过去斟酒和清理残渣什么的，时间都拿捏得恰到好处，完了静静待在门边，随时听候客人差遣。

尽管伊处事谨慎，也有深感为难的时候。有一回，伊刚给一位尊为陈大律师的贵客斟满酒，已是红光满面的大律师一把搂住了伊的腰肢：“来来！一起喝一杯！”说着，端起自个儿的酒杯就往伊的嘴边凑，伊忙扭头避开，却摆脱不开腰间的那只咸猪手。

“对不起，我在上班，不能喝。”伊急急地说。

“哈哈！还害羞？”陈大律师两眼放光，盯着伊绯红的脸蛋。

“喝一杯！喝一杯！”旁人起了哄，“陈大律师赏的面子你也不给啊？”

“算了算了，这杯我自己干！”大律师一仰脖子把酒干了，伊见状再给他斟了个满，感觉腰间一松，心里一放宽，没想那只手又往自己大腿上狠劲儿捏了一把。

“哎哟！”伊惊呼一声，拿酒瓶的手一晃，几滴酒泼洒在桌台上。

“哈哈哈哈！”其他几个附和着大律师，开心大笑起来。

伊强忍住溢到眼眶边的泪水，拿来抹布将桌台上的酒水抹干净，完了依然静静待在一边。他们谈笑风生，刚才对伊的小小作弄，只是席间的一段小插曲。

有的客人多来几趟，彼此的面孔都熟悉了。席间，如果不是过分为难的话，伊也会应他们的要求给某位敬上一杯。伊这么做跟秀姐的一番调教有关，姐还说“捏一下、摸一下有什么大不了的？又不会少了一块肉去。”伊不这么想，身体发肤受之于父母，哪能随便让人捏摸的？

伊素面朝天，在众姐妹中别具一番清新自矜的仪态，让一些骚客在赏心悦目之余，凭空多了番心思。后来有几个订餐电话，指明了要坐“芙蓉阁”，秋艳感到奇怪，以为伊使了什么媚人的手段，但观察伊平素的言谈举止又不像，这一直让秋艳不解。

这天中午，一辆面包车“嘎”一声停在酒店大门的对面，车上下来三个人。

三人进入酒店后，一个穿着棕色夹克衫、胳肢窝夹了只公文包的年轻人往吧台里问了句什么，便领头登上楼梯，进了芙蓉阁。

伊刚把餐巾放入一只只托盘中，听见厢门一响，知有客人进来，忙迎了上去。

“呵！哥！”伊没想到进来的是仲武哥，惊喜地喊了声。

“娟！”仲武笑着朝伊扬扬手，三人围着大圆桌依次落座。

“哥！你怎么过来的？”伊激动地问，边给三人斟茶水。

“来县城办事，打听到你在这儿，就赶来吃饭。”仲武摸出中华烟，抽出几支递给身边的伙伴。“这是我同村人，叫娟娟。”仲武做了番介绍。

“这位是乡里的钱主任，这位是针织厂的赵老板。”仲武将身边的朋友介绍给伊。

“哥，我家里人还好吧？”伊边问边递过菜单。

“好的，好的，你爸的气色这一向不错。”仲武将菜单撇过一边，爽气地道，“今天的菜你来点，有什么好菜尽管端来，你也一块儿吃点。”

“这样吧，我给你们点几个酒店里的特色菜，味道不错的。”伊道。

“你点你点。”仲武转而问身边的两位：“嗳！喝点什么酒？”

“我下午还要开会，少喝点，赵老板想喝什么酒？”钱主任问。

“唔，喝点什么好呢？”赵老板抓抓板刷头：“我看还是沽上两斤太雕吧！怎么样？”

“可以可以。”仲武连声应道。

伊凭着记忆，往签单上填了四只冷盘、五只热菜，估摸着三个人吃也差不多了，准备出门交给服务生，这时厢门被轻轻推开，秋艳走了进来。

“三位大哥！是这样的，楼下来了批老客户，其余包厢都满了。你们三个人，能不能上大厅吃？”秋艳笑容可掬地问。

“什么话？我们就不是人？让我们上大厅吃？”赵老板喘着粗气。

“总有个先来后到的吧？”仲武的口气还算和善，这多少是看在伊的面子上。

“秋艳，这位是我同村子的仲武哥，特意过来的。”伊很为难，两方面都不能得罪。

“娟，我也没办法，老板娘吩咐的，店里就这么个规矩。”秋艳解释道。秋艳所说的规矩伊知道，一般来说，五位以下的客人是不能入包厢的，除非生意清淡，包厢有空余。

“去把老板娘叫来！”仲武道。

秋艳知道自己多说也没用，只好退了出去。伊手里拿着签单，走也不是留也不是。

“没事没事，娟，你先坐会儿。”仲武和颜悦色地对伊说。

一会儿工夫，老板娘走了进来，秋艳跟在身后。

“几位大哥，不好意思，实在是包厢没得空。这样吧，我给你们打个折，如何？”老板娘笑容满脸。

没想这番话惹恼了仲武。仲武站起身，从包里摸出一垛钱，“叭”一声甩在桌台上，冲老板娘道：“不就想多赚点钱么？你看这够不够在这儿吃一顿的？”

老板娘见状没了话说，只好自我解嘲地笑笑，扭头吩咐秋艳："你去安排一下楼下的客人，就说包厢满了。"吩咐完后，赔了笑脸，对仲武道："你们坐，你们坐。"说完两人退了出去。

"这还差不多！"仲武笑吟吟地坐下。

伊总算舒出一口气，临出包厢前，仲武吩咐道："娟，多弄几样菜来，省得到时候你们老板娘看扁人。"

菜上来后，伊斟了三杯太雕酒，仲武不满道："你也算一个的。"说着，将边上一只倒扣的玻璃杯翻转过来，拿起酒壶斟了个满，然后硬拉着伊坐下。伊推辞不过，又想自己以前陪熟客都喝过哩，仲武又不是外人，便遂了仲武的意。

这太雕乃绍兴黄酒中的极品，味道醇厚，色汁黏稠如浆。酒至半酣，伊的脸颊泛红如桃花，仲武在海阔天空唠嗑之余，不时瞟过一眼，面对身边如此秀色，不免触动平生许多心事。

"就这么一点菜？"席间，仲武看了看桌台，不满道。不待伊回答，仲武一探身，拿过柜台上的签单和菜单，胡乱翻开几页，自个儿拿笔写下了七八个菜名。

"哥，点这么多哪吃得了啊？"伊在旁劝道。

"娟，今天高兴，你就遂了哥的愿，去，再沽上两斤酒来。"仲武脸色微醺，将签单往伊手里一塞，拍着桌子道。

伊下楼梯时，拿笔偷偷将签单上的菜减了三道，沽回来一斤太雕酒。

喝完这一斤太雕，仲武和赵老板都有了七八分醉意，只有钱主任面不改色。

伊帮着结完账后，和秋艳一人一个搀扶着两人走下楼梯。上车前，仲武喷着酒气对伊道：“娟，你保重，哥下回再来看你！”

“好的，哥，你走好。”伊关切地道，“路上当心点，不会有事吧？”

“放心，这点酒没事。”仲武道。

时序接近深秋，深秋的风带了丝丝凉意，褪去叶片的大叶榕，增添了秋的萧瑟气氛。

一片树叶，晃悠悠地从梧桐树上飘下来，枯黄的树叶。伊站在树底下，摊开手掌，凌空把它接住。接着又有几片飘落，伊接了几把，又接住一片。伊将两片树叶摊在手心，低头观察一番，确实，叶片的左右脉络都是对称的。伊吹一口气，吹落掌中的树叶，然后将脸盆里的衣服一件一件晾在绳子上，绳子系在三棵梧桐树之间。这个下午天空难得放晴，伊将剩下来的几件衣服洗得干干净净，晾完后，伊坐在廊埠的小凳子上，稍事歇息。

没多久，胡同里过来两个人，一个是秀姐，还有一个估计四十来岁模样，脸上胡子拉碴的，一手搂着姐的腰。两人走近宿舍，秀姐一眼看到廊埠上的伊，忙甩脱开男人，几步抢上前来。

“姐，你回来啦！”伊叫了一声，一边拿眼睛打量着秀姐身后的陌生人。

“你坐在这里干什么？”秀姐问，转而对男人说，“等我一会儿。”

“我刚洗完衣服。”

“哦。”秀姐应一声，顾自进了屋。

男人站在廊埠上，看伊时眼睛一亮，笑着招呼道：“小妹妹，你好！”

这人的眼光有点不对劲，伊想，不过他是姐的朋友，也回了句：“叔，你好。”

男人听后脸上的表情有点不自然，再没吱声。伊觉察到自己刚才的失语：怎么能称呼姐的朋友为叔呢？忍不住想笑，暗底吐了下舌头。

“娟娟，你进来一下！”秀姐在里面叫唤。

伊进去时，姐正对着桌上的镜子梳理头发，一只皮箱子搁在脚边。秀姐梳理完毕，过来掰过伊的肩膀，双眼定定地看着伊，微笑着说：“娟，姐要走了。”

“怎么？你要回家去？”伊不知姐说的“走了”是什么意思。

“不是，姐要到很远的地方去，以后可能难得见面了。”

“啊？”伊惊愕得说不出话来。

“娟，姐最放心不下的就是你。”

“姐——”伊流下了眼泪。

“别这样，”秀姐掏出手帕，替伊拭去眼泪，“以后有机会，我会回来看你的。我跟秋艳说了，替我多照看着点你。”

“姐——”伊嘤咽道。这事太突然，伊头脑中一下转不过弯来。

“好了，就这样吧！”秀姐莞尔一笑，指着床上的物什对伊说道，“这些东西留给你了。”

秀姐拎起皮箱，在原地转了个圈，目光掠过简陋的四壁，脸上流露出几许留恋，然后决断地一步跨出了屋门。

男人殷勤地从秀姐手中接过皮箱，秀姐跟在他身后，头也不回地走向胡同。

“姐！”跟出来的伊大叫一声。

秀姐回过头，伊手指着梧桐树喊：“姐！你还有两件晾着的衣服哩！”

“不用了，你帮我收着吧！”秀姐摆摆手，追几步上去牵起男人的手。

“姐。”伊嘀咕一声，目送两人的背影消失在胡同里。

秀姐就这样走了，事先没有一丝预兆。过后伊才想起，自己连姐的去向都没问一声。秋艳也不清楚，只知道这男人以前来过酒店几次，听口音应该是广州那边人，估计两人去了广州。

秀姐的突然离去让伊万分内疚，觉得是因自己的缘故，让其去替了那份累活，肯定也是活儿太累才会让秀姐这么毅然决然地离去。而秋艳却宽慰说不是这个原因，“秀姐早就有这种想法的，人往高处走水往低处流，人家的眼界高着呢！”

没多久，宿舍里新搬来一个服务员，安徽人，叫小玫，占据了秀姐的床位。秀姐走后，开头的几天伊心里空落落的，像褪光叶片的梧桐树一样。

天气一天比一天寒冷，气象预报的消息：来自西伯利亚的较强冷空气即将影响我市，届时将有大雪降温天气。

消息果然可靠，一大早，伊推开门，眼前一片白茫茫，空中的雪花还在不断飘落。因了这天气，捡破烂的老人没再出去，这会儿正闲坐在廊埠的小板凳上。

伊倒抽一口凉气，慢慢踱过去，观赏起雪景。俗话说“瑞雪兆丰年”，这对庄稼人来说是件幸事。这时，身边的老人叹了口气，伊瞥见他身上只穿了件单衣，不由关切地问：“大爷，天气很冷，您——”

“哦，知道。你是怕我受冻啊！哈哈！没事。”老人爽朗地说。

伊看看老人的脸色，确实不像受冻的样子。

老人拿右手手指捍捍自己的脸颊，又说：“人哪，一张脸常年露外面，你说这脸皮为啥不受冻哩？”

他的话，让伊生出一番好奇：“大爷，您是哪里人啊？”

“我嘛，西岩的。”老人回答道。

“西岩很远啊！大爷，我是紫阆的。”伊知道西岩是本地一个偏僻的山区。

“噢！紫阆啊！我去过，好地方！”老人脱口赞道，舒展开了眉头。

“大爷，马上可以回家过年了。”伊的话语中怀有莫大的憧憬。

“不回去啰！”老人长吁一口气，脸上阴郁起来。

伊没瞧见大爷脸上的表情：“大爷，您有几个孩子呀？”

“一个。”

“待在西岩吗？”

“不，在城里。”提到孩子，老人脸上露出了笑意。而伊听了这句话，着实感到吃惊。

“您孩子住城里？您怎么——”伊闹不明白。

老人心情舒畅：“我四十多岁才有这么个儿子，儿子出世后老伴倒走了，大概命里注定我只有一个伴。我儿子是大学生哩！”说到这儿，老人满脸自傲：“儿子毕业后分配在城里工作，前些年要娶媳妇，你说在城里要没房子哪家的闺女肯跟你？没办法，我把老宅卖了，七拼八凑才在县城买了一套房，还欠着人家一些钱哩！这钱倒不急，慢慢还就是了，我这把老骨头还能挣几个小钱的。本来我跟我儿子一块儿住，可是儿媳过门后，我老觉得我住着他们不方便，碍手碍脚的，再说自己还有点气力，就出来了。还是这样舒服，想做什么就做什么，落得个自由自在。”

“大爷，过年去您儿子家过喽！”伊想当然地说。

“会来接我的，会来接我的，”老人的目光霎时暗淡下来，嘴里不住地念叨，“我有孙子了，我给我孙子买了好多礼物哩，过年时得好好抱抱我孙子。”

酒店推出的年夜饭被预订一空，伊想回家的希望落了空。除了秋艳，店里另有一个小姐妹也回去了，据说家里人给其定了一门亲事。

伊去邮局将这几个月积攒下的钱寄给了父亲，来城里后，伊已寄过两回钱。回头想想还是觉得不妥，隔天又给父亲写了封信。大意是说春节回不了了，让父母放心之类，末了让弟弟好好读书，争取考上大学。办完这一切，伊像放下一桩心事，便掰着指头数日子，准备迎接自己在小城的第一个春节了。

酒店屋檐下挂起一排红灯笼，晚上一开灯，煞是好看。老板娘犹嫌不够，买回来多串闪闪发光的灯带，装饰在窗棂上，整座酒店洋溢着浓浓的节日气氛。

上午，伊绾好发髻，准备去上班。刚走近酒店，见门口站着个敦实的小伙子，探头探脑地往里张望着什么，仔细一看，竟是王涛。伊脸上挂着笑，踮起脚步走上前，伸手一拍他肩膀，大喊一声："干什么？想偷东西呀！"

王涛吃了一惊，回头一看大笑起来："哈哈！我还以为来了女警察哩！"又露出一脸的诧异："咦？娟娟，你白了许多。"

"是吗？我怎么不觉得。"伊诧异道。

"什么好饲料喂的？"王涛学得油嘴滑舌。

"你才是用饲料喂的！"伊嗔道，接着问："从家里过来的？"

"不是，才下的火车。"

"怎么没带行李？骗人！"

"行李都让师傅带走了，这不，想找着你们一道回家去。我刚去过春兰那里，你这地址还是春兰告诉我的。"

"春兰什么时候放假啊？"

"后天！你呢？"王涛问。

"我们不放了，可怜啊！"伊学了弟弟的样，夸张地慨叹一声。

"连春节都不放？"

"酒店里开了年夜饭，我们几个得留下来帮忙。"

"哦！那过完年还回家吗？我们大约正月初七八就走。"

"看情况吧，有空肯定要回的。"

"唉！今天算是白来找你们了！我回去了，等你大半天了，再迟要误车的！"王涛准备走，似乎还有什么未了事，低头在衣兜里摸索一阵，掏出一只精巧的盒子来，塞在伊手里，然后拔腿便走，边走边挥手："我先回去了！回家来我们再碰面！"

“什么呀？嗳——”伊见王涛这么着急地离去，想喊住他，只喊出半句，人已走远。

酒店里，伊瞅空打开了小盒子，里面装着一条绣满荷花的真丝围巾。“这只八哥！”伊暗地笑骂一声，拿手一摸，感觉柔柔的，伊心里一阵温暖。

路面积雪融化后，经过一夜又被冻住。上班路上，伊看到一辆红色出租车停在公路边，车头凹下去一块，人行道上的灯杆也被撞弯了，估计是路面湿滑的缘故。当然这丝毫不影响春节的热烈气氛。夜幕一降临，此起彼伏的鞭炮声响彻在小城的大街小巷，还有五颜六色的烟花，将小城的上空缀成一片绚烂。

来酒店吃年夜饭的果然很多，觥筹交错间端的热闹非凡，伊一边伺候着“芙蓉阁”里的一家人用餐，一边暗想着自家过年的场景，心里总有一点郁郁寡欢。

等最后一只包厢出空，打扫过卫生，楼上的服务员陆续走下楼梯，围着一张大圆桌开始吃年夜饭。伊因心中郁闷，没了胃口，但不好拂众姐妹的意，便拿筷子随便夹了几口菜、扒了几口饭。一年到头，老板娘算是慷慨了一回，席间给每人派了个红包，众姐妹得着后欢喜异常。

饭后，清理完卫生，老板娘将多余的菜肴打了包，让服务员带回去。伊也分到一份，没顾得上察看，也不知盒子里装的什么。

伊和小玫搭伴儿回宿舍，街道上散遍了烟花与鞭炮的纸屑，空气中弥漫着硫黄的味道。小城灯火通明，夜空中不时有礼花绽放，地上天上，一派绚烂。一路上，不时响起“噼里啪啦”的爆竹声，夹杂着“轰天雷”的礼炮，尽管两人紧捂耳朵，仍不免被“砰砰砰”的轰响所震撼。

两人拐向宿舍时，伊瞅见了窝棚透出的灯光，心里“咯噔”一下，难道老人没去儿子家过年？

进屋后，伊放下手中的塑料袋，偷偷溜了出去。透过窝棚上的窗洞，伊看到老人孤零零地坐在床沿边，面前的纸箱上摆着两盘没有一丝热气的菜肴：一盘花生米、一盘咸白菜。老人愁眉不展，一口一口抿着闷酒。伊悄悄踅回宿舍，打开塑料袋，盒子里装着鸡块和两副煮熟的猪肝。伊将袋口一拢，拎着又来到窝棚前。

伊敲了下门，门开处，老人瞪着混浊的老眼，满嘴酒气。见是隔壁的女孩子，老人疑惑地吐出一个字：“你？”

“大爷！这里有点菜，熟的。”伊将塑料袋往大爷手中一塞，飞快地回转过身，伊听到后面的门“哐”的一声响。

宿舍里，伊和小玫两人玩了会儿扑克，感觉身子发冷，便早早躲进了被窝。外面，鞭炮声时起时伏，让人难以入睡，两人开始有一搭没一搭地闲聊起来。

鞭炮声的间隙里，传来丝丝幽切的二胡声。伊住了嘴，凝神细听之下，竟触及一腔无奈的悲凉，不由心怀戚戚，想起了远在紫阆的爹娘。声音是从窝棚发出的，这如泣如诉的曲调，奏响在这个大年三十的夜晚。

12

江南的雨带着濡湿的气息，懒洋洋地徘徊在小城上空。在它懒洋洋的触须下，大地的植被争相吐绿，亦将人类心中隐蔽的欲望召唤。细雨茂密了大叶榕的枝叶，茂密的枝叶是鸟儿们歇息的家园，它们随遇而安，这一点同漂泊的人儿相仿。在每个夜晚来临、陷入沉睡之前，它们会不会怀念梦中的故乡、那片广袤无际的森林？人们不得而知。

宿舍里，闲来无事，伊会将那条真丝围巾拿出来围在脖子上，独自站镜子前端详。不巧有次让秋艳撞见了，上前打趣道："男朋友送的？"

伊羞红了脸，忙把围巾摘下来，口里回应道："不是，我自己买的。"

"哦！自己买的。能借我戴几天吗？"秋艳窃笑着问。

伊好生为难，自己一直没舍得将这条围巾戴着去上班，怎么能借给别人呢？可秋艳对自己那么好，连身上的几件衣服都是秋艳所赠，又怎么能回绝人家呢？

伊踟蹰之际，秋艳揶揄道："嘿嘿！我怎能夺人所爱呢？"说着伸出手来一个劲地挠起伊的胳肢窝，口里嚷道："叫你骗人！叫你骗人！到底谁买的？老实交代——"两个好姐妹扭成一团。

夜深人静，伊暗地思量，不免感到些许惆怅。这王涛，除了年前来过一次，变得无影无踪，肯定跟着师傅去外面干活了。"跑来送我条围巾，也不多说会儿话，这算什么呀？这个榆木脑袋！"每想到这里，伊心底总泛起一股淡淡的幽切，再也理不清个思绪。想那王涛，或许根本还不解风情，待伊倒如同亲兄妹一般。"唉！要是年前能回趟家该多好呀！"伊暗自叹道。

杏花村酒家的食客如过江之鲫一般，来回往复。在伊服侍过的众多客人当中，有两位，给伊的印象深刻。一位是张厂长，矮矮的个头，脑门上过早谢了顶，是个土生土长的生意人。还有一位人称阿铁，本名周铁，乃小城银行的信贷员。其人身材高大，脸膛黝黑，一双细眼透出股精悍劲。如果不是后面的事，伊根本想不到自己的将来会跟张厂长和阿铁有什么瓜葛。但生活就是这样，总有一张无形的网将事物联系在一起，不断变化着。

这天未到正午，张厂长一伙人早早进了酒店，径直来到“芙蓉阁”落座。伊给他们每人斟了杯茶，然后递过菜单（秋艳对伊所在的包厢很省心，不用亲自过来料理）。阿铁将菜单往张厂长面前一推，说道："客随主便，客随主便，厂长你点就是。"

几年生意场上的摸爬滚打，张厂长虽赚了点钱，但骨子里依然保留着庄户人勤劳俭朴的本质。这会儿让点菜，他翻着眼珠子道："冷菜嘛先来一盘霉干菜，有臭豆腐没有？有就也来一盘。"接着，张厂长翻看起菜单，一边拿肥硕的食指在菜单上指指点点，口里嘟哝着："这，这也要，这……"伊留意着他的手指，在签单上一一记下所点菜名。厂长所点基本是些家常菜肴，末了，喉咙里响亮地来一句："再来个山龟炖王蛇吧！"伊接问道："请问来点什么酒？"

“什么酒？”阿铁在旁发了话，“我看就来五粮液吧！六个人，先来它三瓶！你看呢？”阿铁装模作样地询问了一下厂长。

“好好！你点就成。”张厂长喉咙里喘着粗气，哼哈道。

不长的工夫，菜一道接一道地上来了。几杯酒落肚后，阿铁满面红光，话匣子打开来滔滔不绝，倒是旁边的张厂长，显出副心神不宁的样子。伊从他们的言谈中知道张厂长所贷的一笔款很快到期了，而今年厂里的生意不景气，几笔应收款没收回来，不知该怎么办才好。

“这件事说大就大！”阿铁一脸严肃，卖弄起关子，“贷款还不出，银行会上诉到法院，到时候法院一判，就会来封厂子，封你这个法人代表的所有财产。”

“你说咋办？大哥！兄弟只有靠你了！”听得问题这么严重，张厂长几乎哭丧着脸在哀求。

“不急不急，也未必不是一件坏事。”阿铁咧开了嘴，对自己这番话所起到的作用表示满意，笑道：“来来来，干了这一杯。”

张厂长听阿铁这么说，觉得事情大有转机，忙陪着喝了杯，又扭头高喊道：“还不快来斟酒！”伊已过去了，总不能做到恰逢其时吧！

阿铁接下来却没再作说明，这可急坏了张厂长，眼见得三瓶酒很快见了底，粗着嗓子又朝伊吆喝一声：“再去拿两瓶来！”

伊拿酒时心里一盘算，单单这酒水就抵得上自己几个月工资哩。

厂长的头顶亮光可鉴，脑门上青筋毕露，已成一张猪肝脸。阿铁的脸庞本就黝黑，倒看不出什么变化，只是说话的口气加粗了。

阿铁环顾左右而言他，不再说贷款的事。张厂长那个急啊，可话一出嘴就被阿铁挡了回去，只好陪着一杯一杯喝闷酒，还得强打起一副笑脸样。其余几个人不太爱说话，不知是来要债的，还是张厂长的手下，他们只是偶尔端起酒杯意思一下。

厢门轻轻推开，进来的服务生用盘子托着搪瓷煲。伊看了眼盘子边的签条，上写着“山龟炖王蛇”，这是酒店的一道招牌菜。伊上前将桌上的菜盘子理了理，腾出块放煲的空地，两手捏着煲耳朵往上端，口中唱道：“山龟炖王蛇”。张厂长正准备敬酒，起身时胳膊一抬撩着了伊的手臂，伊“啊呀”一声叫，晃出的汤汁溅在手背上，感到一阵钻心的灼痛。

“搞什么搞！”旁边的阿铁一拍筷子，“噌”一下站起来，怒冲冲地喊，原来他衣襟上被沾了几滴汤汁。

伊放下煲，欠了身连声说“对不起、对不起”，一边掏出手帕替阿铁擦拭。

张厂长口中恶骂一声“你个瞎了眼的婊子！”顺手推了伊一把。伊没留神，一个踉跄跌倒在地。张厂长余怒未消，睁着血红的眼睛，蹿上前一步朝伊身上踢将过去。伊腰部挨了重重几下，浑身软绵绵的散了架，无力起身……旁边没有人劝说一句，阿铁一边骂骂咧咧一边拿起餐巾顾自擦拭着衣服上的汤渍。

端菜的服务生早溜得不见了踪影，包厢的门敞开着，一个脸色微醺的年轻人此刻从外面路过，大概刚去卫生间解手回来吧，这会儿听到里面的叫骂声，扭头一看，立马冲了进来。进来后，年轻人蹲下身一把扶起伊的身子。

“管什么闲事！跑开！”张厂长嚷道。

“朋友！做事不能做得太绝！”年轻人仰起俊朗的脸，盯了他一眼。

“关你什么事？再不放手连你一块儿踢！”张厂长扬了扬脚，见年轻人没有放手的意思，觉得在众人面前下不了台，便真的踢了下去……年轻人用身子挡着伊，这几下都结结实实踢在他身上。

如果不是达夫哥到来，此事不定怎么收场。达夫哥，估计是刚才的服务生出去报信后，老板娘给叫来的。达夫哥一进门，喝了声“住手！”声音不大但透着威严，其实此时应该叫“住脚”更贴切。达夫哥只带着一名随从。

张厂长嚷道：“关你什么事！”同桌中有认识的，在他耳边嘀咕了几句，张厂长听后，脸上现出一副讪然的表情。

“不就泼了点汤么？瞧瞧，把人家弄成什么样了？”达夫哥脸上看不出一线生机，口气平静。

“你想咋样？”张厂长听闻过达夫哥的名头，但见面前这人不像穷凶极恶的模样，说话也文绉绉的，仗着自己人多和一股子酒劲，胆气陡壮起来。

“好说好说，我还能咋样，你随便给点医药费给妹子吧！”达夫哥不急不慌，拉过椅子来一屁股坐下去，两手搂着膝盖，正面朝向张厂长。

“谁让这小婊子把汤泼我朋友身上的！还想让我出医药

费？”张厂长不依不饶。

“哦，那你是不愿给了？”达夫哥昂着头，一双死鱼眼定定地盯着张厂长。张厂长身边的人悄悄拉了拉他的衣袖，张厂长恼怒地甩了下手臂，这动作没逃过达夫哥的眼睛。

张厂长趾高气扬地环视一圈，问大伙：“你们说给不给？”见没有一个人应和，张厂长觉得脸面无光，转头喊道：“让我做冤大头啊？不给！”

“有骨气，想必你的骨头比这还硬。”说话的是达夫哥身后的随从，只见他探身过去，伸手抓起桌上一只酒盏，稍一用力，酒盏“叭”一声碎成了几瓣，随后杀气腾腾地瞪着对方。

“好说好说，你要多少？我给我给！”张厂长见状变了脸色，连声应着，一只手从裤兜里摸出一沓钞票，数出几张扔在桌面上。

达夫哥挨个儿打量了一遍面前的这帮人，然后举起右手一挥，像驱散一群苍蝇似的：“你们可以走了。”

这些人如同才明白过来似的，慌不择路地往包厢口挤去，达夫哥的随从笑喊道：“出去别忘了把饭钱结了！”

“是是是！”这回倒是阿铁应得快，边应边飞快地挤出门去。

他们出去后，达夫哥拿起桌上的票子往手心里一拍，起身递给年轻人：“给妹子瞧瞧去！”说完一搭年轻人的肩头，和随从出了门。

隔壁“常春藤”里的客人听到了什么动静，这会儿全都赶了过来，足足有十来个人，原来是与年轻人一起的朋友。“有什么事？”“阿冯！你咋样？”……几个人七嘴八舌地问道。

“没事没事，你们先吃着，我去去就来！”年轻人摆摆手，弯腰托起伊的身子，挤出了人群。

冯军将伊放进副驾驶室，自己进了驾驶室，点火、起步，一溜烟往人民医院驶去。

医院里的手续够烦琐的，待伊检查完毕，安顿下来，看着一滴滴药液慢慢进入伊的身体，冯军感到自己腰背处也微微酸疼起来，不由扭动了几下身躯。伊从床上仰起脸，说道：“你有事回去吧！我没什么的。”

“好的，我得把车子开回去，等着交接呢。”

“嗯，谢谢了！”伊从心底里感谢，要不是眼前这个人，自己得多挨好几下哩。

“你好好休息，我先走一步。”

冯军离开后，伊想起还不知道他的名字哩！以后怎么谢人家？迷迷糊糊地，伊的眼皮耷拉下来，强撑着才没睡过去。

透过窗幔的光倾泻在脸上，伊的心情慢慢开朗起来，环顾四周的墙壁，感觉到一份肃穆，面前的空气中似乎留存着年轻人俊朗的脸庞，像透进窗幔来的清风，伊感到一阵甜蜜的温馨，连噬咬身体的伤痛也消退了许多。

下午两点钟，秋艳和几个小姐妹一起来到病房，秋艳手中拎着一大包吃的。伊一见着姐妹们眼泪就掉了下来。

“有什么好哭的？喏！这是你大哥托我带来的。”秋艳嬉笑着上前，把一束红色的康乃馨往病床上一放。

“我大哥？”伊嗫嚅道。

“就是救你的恩人哪！人家有事不来看你了。”秋艳说道。

“你好点了吗？还疼吗？他踢你你干吗不叫？不然我们有这么多姐妹，决不放过他！”小玫在旁气愤地说。

“不用你教训，达夫哥已经摆平了这事。”秋艳白了小玫一眼。

“我没什么的，刚才医生检查过了，没什么大碍。”伊说。

“先把伤养好再说，不在乎这几天的。”秋艳劝道。

众姐妹围在床沿边“叽叽喳喳”说个没完，秋艳笑问大伙：“哎！你们知道那位捏碎酒盏的小伙子叫什么吗？”

“那不是达夫哥的大徒弟吗？功夫好厉害哦！”

“肯定还是达夫哥厉害！”

“我是问你们那人叫什么？”秋艳又问了声，见众姐妹都不知晓，便拉长了声音说：“叫黄——强。”说着，自己憋不住似的“咯咯咯”笑将起来，众姐妹满头雾水，不知这名字有什么好笑的？

秋艳刹住笑，一板一眼地解释道：“我们第一次碰面时，这人上前来介绍自己，你们知道他怎么介绍自己的吗？”秋艳学着样，握住小玫的手，满脸诚恳地说：“你好！你好！我叫黄强，黄色的黄，强奸的强。”

众姐妹听这话后笑翻了天，伊也是笑得上气接不来下气。

一段时间过后，秋艳道：“时间不早了，我们回去吧！”

“我请个假，留着陪娟娟。”小玫说。

“一下子少了两个，只怕抽不出人来顶替。”秋艳有点为难。

“小玫，你回去吧！我能下地的，没事。”伊劝说道。

临走前，秋艳从塑料袋里掏出几听八宝粥，摆在床头，对伊说：“回头我再来。”

拍的片子出来后，医生说没什么大碍，不过得调养几天方可出院。伊不愿再待在医院，一来自己完全可以下地行走，二来病房里白瘆瘆的氛围让人憋闷。第二天，秋艳来时，伊一个劲要求出院，说再待下去没病也要憋出病来。

“好吧好吧，我去替你办手续。”秋艳拗不过，只好答应。

办完了出院手续，秋艳搀扶着伊下了电梯，两人慢慢朝医院门口挪去。

两辆出租车正在招揽生意，伊想起了素不相识的年轻人，他不也是开车的吗？伊的脚步踯躅起来，一双眼睛东张西望，秋艳看得明白，笑道：“呵呵！别费劲了，人家又不知道你今天出院，难道会在这儿等你不成？”

伊被秋艳看穿了心事，脸上一阵火辣辣的热，再不吱声。

秋艳伸手拦了辆出租车，车子刚起步，伊嘴里轻轻“咦”了一声，秋艳问道：“怎么了？”

“刚才我看到咱村的水根叔了。”

“谁？水根叔？”

“医院门口，不知是不是他，反正很像。”

“在做什么？”

“跟前撂着辆三轮车，在卖茶叶蛋什么的，好像还有个女的在帮忙。哎，说不定是我看错了。”伊想，水根叔早跟姑结婚了，姑怎么会上这儿来呢？伊断定是自己看花了眼。

伤的是躯体，脸上瞧不出什么动静，隔天，伊仍回到酒店去上班。只有伊自己清楚，身上的瘀痕没这么快消退，举手投足间仍带有丝丝隐疼。这倒还在其次，最受伤的是一颗心。伊明白，自己在城里人眼中，微不足道。他们兴致来时会和自己调侃一阵，但是，即使是无意，也不能对他们有丝毫冒犯，否则，惩罚是无情的。“不过，城里也有好人的，不是吗？”每当伊想起那位素不相识的年轻人，心中总涌起一股感激的暖流。

晚上，芙蓉阁接纳了两批客人，服侍他们完毕，其余服务员早下了班。

伊迈出大门时，路边一辆出租车鸣了几响喇叭，伊以为司机在招呼客人，没顾得上搭理。没想司机慢慢摇下车窗，探头出来叫了声“喂！”伊抬头看去，一眼认出了那位好心的年轻人。

“怎么是你？”伊惊喜地问。

“碰巧吧？上来，我送你一程。”年轻人微笑着招呼道。

“不用了，我宿舍很近的。”

“反正顺路的，上来吧。”年轻人推开一旁的车门，伊只好坐了进去。

“上次的事真的谢谢你。”伊看了他一眼，由衷地说。

“谢什么谢？换了别人也会这样，谁让他们欺负一个女孩子。”

“我也有错的，不能只怪人家。”

驶出没多远，伊手指胡同口说：“我到了，就在这儿下吧。”

车停稳后，伊似乎还有什么话想说，却说不上来。年轻人微微一笑，露出一口洁白的牙齿：“我姓冯，叫冯军，喏，这是我的名片。”说着从驾驶台上抽出一张名片来递给伊，伊接过手，小心翼翼地揣进了口袋。

“我走了。”

“对了，还不知道你叫什么、住哪里。”

“我姓王，三横王，叫王小娟。喏！那里不是有家小店么？我们的宿舍就在斜对面。”伊手指着胡同里的小店说道。

伊下了车，关上车门时回望了一眼，恰好四目相对，伊的心头像被小鹿撞了一下。

13

宿舍廊埠上的两只燕子，整天“叽叽喳喳”叫喊着忙于筑巢觅食，不知是不是去春离开的那一对。近段日子，胡同里常有一掠而过的春燕，为即将到来的长途跋涉作着准备。而到了黄昏，横越江面的电线上密扎扎地停满了一长溜鸟儿，它们呆头呆脑，轻盈的身子随着清风微微摇晃。群鸟中，有的可能为找不到熟悉的家园而苦恼，有的可能惊异于脚下这座城市的变迁。一个毋庸置疑的现实是，过不了多少年月，小城里将再也寻觅不到适合于它们筑巢的地方。

再一次与冯军邂逅，伊的内心氤氲着一种美妙的情愫，这是以往岁月中未曾出现过的。

隔天晚上，伊正在床头整理晒干的衣服，耳朵里听见一阵摩托车的声响，接着小玫跑进来喊：“娟娟！外面有人找！”

“谁呀？”伊一边问，一边按捺不住激动地往外跑。

果然是他。伊跑到摩托车边停住脚步，羞怯地问：“你怎么找来的？”

“怎么？不可以来么？”冯军身穿一件白色的短袖衫，笑意写满脸上。

“不是不是，我不是这个意思。”伊急急解释，一时心急，却更加解释不清。

“上来吧！”冯军没理会伊的表情，自己戴上了头盔，也不管伊愿不愿意。

“等等！”伊说完，急急地踅回宿舍，换上一套碎花格子的连衣裙，照着桌上的小镜子捋捋秀发，又快步跑了出去。

坐上后座后，伊一双手不知搁哪儿好，直到冯军喊声“抓紧了！”才迟疑着伸手过去搂住了前面的腰。

冯军带着伊，越过暨阳桥，往城西南门方向驶去。

蓝山咖啡厅位于苎萝山脚下，环境幽静，只是附近铁路上常有轰鸣的机车驶过，那一刻空气都会跟着颤动。朦胧灯光下，伊第一次品尝到咖啡的浓香与苦涩。

幸福的到来没有一丝征兆，或许，倒还要感激阿铁和姓张的厂长，如果没有此前的一场遭际，自己怎么能与冯军相遇相识呢？开头一段时日，冯军来得颇勤，久而久之，伊熟悉了那辆摩托车的鸣响。小城的茶馆、演艺厅等地留下了两人的足迹，更多时候，两人喜欢躲在滨江公园的树荫下，诉说情人之间的秘密。起初，伊还有所矜持，毕竟，面对的是一个相识不久的城里人，与之相约多少是怀了一种感恩的情愫。但渐渐地，冯军俊朗的脸庞和优雅的谈吐让伊着迷，伊愿意长时间地依偎在他温暖的胸膛上，什么也不说、什么也不想。从相知的一刻起，伊从不违拗冯军的意愿，只要他喜欢的东西自己就喜欢，只要他愿意做的事情自己就愿意。他的抚摸、他的亲吻，以及他嘴角边挂着的一缕微笑和深情的眼神，都让伊深深沉醉。

常常地，伊也会想起王涛，扪心自问，自己确曾有过一时朦胧的遐思，但这至多算是伊一厢情愿的事情，而且，王涛的出现，也并没在伊心中勾起什么异乎寻常的冲动。而冯军不一样，他的出现让伊欣喜，他的消失让伊失落。但无论消失与出现，伊的内心都被一种幸福紧紧包围，好似整个小城的空气中都存有他的气息。

秀姐走后杳无音信，要是姐还在一起，不知会对这事如何说法？伊不知道，或许姐不会劝说什么，或许劝说了而自己根本听不进，对伊来说，一切已不再重要。

伊在这个夏季结束前，知晓了男女之间的一切事情。后来伊的记忆长久停格在一个清晰的夜晚，多年以后依然历历在目。伊清楚，自己的生命就在这一年、这一个夏秋交替的夜晚获得了新生。

差不多的景象，伊和小玫对坐在一起嗑瓜子。伊一边嗑一边想心事，知道冯军今天是不会过来了，因为昨晚两人刚碰过面……小玫不时瞟过一眼，脸上写满狐疑的神色。这一向来伊都这样，喜欢一个人沉思默想。

没过多久，胡同里传来几声“嘀嘀”的喇叭声，这声音再熟悉不过，伊一下清醒过来，起身夺门而出。

果然是冯军！伊的脸上笑意荡漾，跨上了车后座：“今天去哪里？”

冯军头戴深蓝色头盔，听到问话后，回过头来笑了笑，却没有作答。待伊坐稳后，一拉油门向前急驶而去。

摩托车风驰电掣，沿滨江路往南急驶，伊不清楚要将自己带去哪里，也不想问清楚，只伸开胳膊将他的腰紧紧搂住，任一头秀发在风中翩翩起舞。

南郊的城乡接合处，矗立着一座孤零零的小山包，山脚下建有三幢住宅，每扇窗户外都罩着鸽子笼一样的铁栅栏。摩托车停在一幢楼的楼梯口，两人前后下了车。

“你家么？”伊小声问道，一颗心不知怎的“怦怦”乱跳起来。以往的交谈中，伊知道冯军的父母都在外地做生意，平时难得回来。

“你说呢？”冯军反问一句,牵着伊的手踏上黑漆漆的楼梯。

冯军打开二零六室的房门，又摸索着开了灯。灯光亮处，伊确信是到了他家。客厅中放着西餐桌，沿墙是一排布艺沙发，房角的橱柜上有一台电视机……伊打量之际，冯军从后面轻轻搂住了伊的腰，伊预感到将要发生的事，整个人激动起来，胸口急促起伏着。

“你这人真懒，这么多灰尘也不打扫。”伊娇嗔道。

“等你来打扫呀！”冯军低下头，轻吻着伊的脖颈。

不需要任何言语，两人缠绵在一起……夜，黑暗的夜，原始的欲望在黑暗中燃烧，理智三缄其口。伊像一只玩具娃娃，带着少女的羞涩被男人引领到里屋的床边。当身上的衣衫被一件件褪去时，如同奉献一件完美的祭器一样，露出了伊一身洁白无瑕的胴体。伊娇嫩的胴体和脸上的神圣仪容让身边的男人微微一怔，但很快，无尽的欲望占据了制高点。

伊带着甜蜜的痛楚在欲海的风口浪尖上起伏，将保留下来的清白身子完完全全奉献了出来……当男人带着虚脱的身体滑向一角时，伊明白，自己再不是若耶溪畔那个无忧无虑的小女孩了，已经成为一个真正的女人。

“等会儿我要去接班，你睡在这儿吧。”冯军说。

“不，你走了我也要回去。”伊慵倦地睇过一眼。

“那好，我带你回去吧。”冯军深情地吻着伊的脸颊。

有细小的尘埃在光幕中浮动，窗台边，伊认认真真地折着一张纸笺，没几下，纸笺在伊的手中变为一只纸鹤。伊捏住纸鹤的尾巴，在空中做了个飞行的动作，然后奔到自己床边，放进一只空铁罐，装过威化饼干的空铁罐。这里面装着伊一个小小的秘密。

稀松平常的日子里，伊心中凭空多了份牵挂。自从那一晚后，两人间的约会更多成了一场肉欲的欢娱。伊本意不愿如此，有时会另外找个借口。

道凝山，位于县城东南郊，绵亘数十里，层峦叠嶂，独显秀丽。白云观所处山峦，呈一天然太极图，为历代道家所重。作为全真教龙门派南方祖庭，鼎盛时观里有道士二百多人。康熙年间，布政司赵良璧访道于此，题有《白云观记》:“巍巍道凝，迥出尘境；缘结一椽，修心炼性。黑虎守户，白云在山；太虚无我，功成大还。”抗战时道观悉数毁于日寇航弹之下。伊也是从客人聊天中听闻了白云观重建的消息，一再要求之下，冯军终于答应和伊一块去游览，为此，伊还特意跟秋艳请了一天假。

由滨江北路拐向南，穿过环城线，骑行约四十分钟，来到一处浓荫密布的山坡前，中间须得穿越过大片农田。

这是一条野间小径，两边高耸的云杉支离了通向四周的视线，可以望见头顶清爽的一线蓝天。在这线蓝天引领下，踽踽地，两人手牵着手朝幽深处走去。花草的香味弥漫在四周，不时传来几声鸟啼，宛如天籁之音，一切美好尽在不言中。当人融入自然后，肉体和精神得到了完全的放松，所以哪怕是手掌轻微的触碰，伊也能感受到冯军身上传递出的内心由衷的喜悦。待走下山坡，一块开阔的平地出现在面前，平地上杂草丛生，点缀着些不知名的野花在迎风摇曳。就在这块平地的前方，伟大的景观出现了。伟大这个词是抽象的，蛰居于此的人对此熟视无睹，但在伊，多年以后还能回忆起一片金色的桂花在婆娑起舞。这桂花像一群含羞的少女，洋溢着浪漫和热烈的气氛，引领着两人的目光延向阵峦深处。

“真香啊！”记忆中伊是如此兴高采烈。

“要是在这里搭间小屋住，那是跟神仙一样了。”冯军有此一说。

沿着林间的小径前行，两人的身心沉浸在烂漫喜悦中。佛陀当年以拈花微笑明示其教义，这非凡夫俗子所能领悟。在人们看来，花就是花，草就是草，根本没有一份闲心去探究花非花、草非草之类真言的妙谛。在小径中缓缓前行，得不时低头避开那些缀满花儿的枝条，它们不会因恋人的到来而扭曲自己的臂膀，生生让出一条道来。

走着走着，待转过一处低洼地，面前出现了一大片毛竹林，一条青石板的小路出现在面前。沿着石板路曲折往上，行行复行行……终于，前方出现了一棵高耸的罗汉松，此罗汉松冠高十五余米，胸围近五米，树龄逾五百年，被世人誉为“江南第一松”。罗汉松后方，便是一座赭墙青瓦的道观，檐上长出的几簇青草，想必是不安分的鸟儿留下的杰作。道观不大，倚靠道凝山主峰，左右各有一座山包，偏殿门口留有一口八卦池，站在坪上远眺，一条金涧溪曲折流淌，真应了后有来龙，左青龙、右白虎、前朱雀之势，山水环抱，藏风纳气。

进门时，一位老妪正在门廊里整理柴禾，旁边一位老翁阖了双眼坐在板凳上，身子倚靠着廊柱歇息，秋日阳光暖洋洋地晒在他身上。两人的相貌可用鹤发童颜来形容。临门一张案几上，放着几只塑料杯和一个锈迹斑斑的茶叶罐，还有一堆香烛和三枚铜板。铜板下压着张硬纸片，上书四个毛笔字：算命看相。

“婆婆，买几支香。”伊停住脚步。

“自己拿吧。”老妪仰起浑浊的老眼看了一眼，又低头侍弄起柴禾来，似乎并不关心钱多钱少。一旁的老翁依然眯缝着眼，纹丝不动。

伊摸出三块钱放在桌子上，从中挑了六支香，两人手牵手进了院子。

青石板的台阶拾掇得非常清爽，凹凸处残留着一块块老年斑样的风干的青苔。空旷处长满了无精打采的狗尾巴草，只要有风吹过它们无一例外地连连点头，这情景和人类的某些动作相仿。院子左侧一口池塘，围栏上镌刻着些梅兰竹菊的传统图案，层次分明的线条彰显着无名工匠们的深厚功底。探头一看，青汪汪的池水了无生趣，只有藻类在水中疯长。池塘中矗立着一块老态龙钟的太湖石，这太湖石乃中国最早的意识流作品，它和传统的亭台楼阁待在一起，显得格外协调而相映成趣。

“想什么呢？”伊边走边问。

“我在想，要是我们褪去身上的衣裳，换上古代那种长袍和秀褂，是不是和当年的张生、莺莺一样了呢？”

“瞎说。”伊娇嗔道。

赭红色殿门口，高悬一块鎏金的“白云观”牌匾，两人跨上台阶，轻轻推开虚掩的殿门，里面供奉着三清祖师像。大殿肃穆，一片清凉，伊轻步上前就着烛火点着后递给冯军三支，自己将清香合在掌心默默祷告了一番，然后上前恭恭敬敬地将香插进香炉。冯军也学了样，如此这般。

“刚才许的什么愿？”大殿出来后，冯军好奇地问。

“不告诉你。”伊抿嘴笑道。

两人经围廊绕出院子，身子感到了些许疲惫，于是在门口向老妪要了两杯茶水。茶水分外甘洌，估计是用此地的山泉泡制的。饮茶时，伊伸手拨弄了一下桌子上的铜板，看清是三枚乾隆通宝，心里起了好奇，小声问冯军：“算算？”

“有什么好算的？命都是注定的，算准了也没用。”冯军不屑地回答。

“嗳嗳，反正没事，算一个呗！”伊此时想起了村里的王老先生，小时候母亲曾偷偷去老先生那里批过伊的八字，伊只记得母亲有提起先苦后甜、命带华盖之说，至于其他的，伊记不太清。

“喂！大爷！这个怎么算？”冯军俯身过去，凑近靠着廊柱假寐的老翁。

老翁略略抬眼，拿嘴努努案几：“喏，先上香许个愿，然后把铜板摇六下，记住，心诚则灵。”

冯军毕恭毕敬地上了香，心里默念着自己的运势若何，然后拿起三枚铜板合掌摇了起来……如是六次。老翁瞅着铜板落下来后的阴阳面，略一沉吟，朗声说道：“下乾上震，雷天大壮。世爻父母爻既为车，又为坟墓，外卦反吟，抑郁呻吟，谨防车灾。”

冯军听清后一句，心里一激灵，但口气却不以为然：“我就说不要算，算了反而是负担。”

伊听了也无语，赶紧从口袋里掏出五元钱来放在案几上，低声对老翁道了声谢。而一直懒洋洋倚靠着廊柱的老翁，忽然张大双眼，一双眸子里精光四射，朗声道：“后生仔，天道无欺，听我一句劝，来年春分前后西南方向谨慎从事。”

“老头子，话不要说得这么满。”老妪轻声埋怨了一句。

“你懂个屁！”老头子应道。

伊看到廊角处整齐地叠放着一堆柴火，一层层堆积得足有腰部那么高，此刻，透过院门的金灿灿的阳光恰好照射在它们身上。

时间在分分秒秒地过去，时间不会因谁而放慢它的脚步，幸福的时光对恋人来说总是短暂的，这或许是恋人的触角失灵的缘故，但幸福，也往往要在失去后才知晓其为幸福。

伊和秋艳，对同宿舍的小玫关怀有加。小玫身体羸弱，脑后扎着条长辫子，一副对世事懵懂无知的样子。伊和小玫深谈过，知道这世上有许多比自己更不幸的人。小玫是因为家乡遭受洪灾才来到此地的，父亲远在山西一家煤矿做矿工。“我同村的一个姐妹就在你们这边打工。”小玫告诉伊，却说不清这位姐妹的确切地址。

伊知道，杏花村酒家的每一个姐妹都有一个属于自己的故事，这个故事的过去并不美好，要不，这些姐妹也不会天涯海角地流落到此。伊有一次在餐厅看电视，电视上演着五十六个民族的歌舞，看着看着，伊哑然失笑起来，觉得所在的酒店完全像个民族大家庭，仅自己知晓的，就有来自南北六个省份的同胞姐妹哩！

14

两人幽会的地方名叫鸬鹚湾，想必多年前这里的居民靠打鱼为生，所以取了这个名，浣纱江到此折个弯穿越市区。鸬鹚湾上的金鸡山，顾名思义，山如鸡形。早年，金鸡山上有座北高塔，可惜毁于日机炮火下；平坦的山脊，亦曾做过国民党军队的停机坪。

记忆中夏日的傍晚，鸬鹚湾成了天然的浴场，城里的年轻人纷纷赶来，有男有女，江中一派闹猛景象。伊见了心生羡慕，却不好意思开口明说。冯军似乎知悉伊的心思，趁空买来两套泳衣，约定一块儿去游泳。

去时天色尚早，嬉水的人寥寥无几。面对宽广涌动的波浪，伊丢却了少女的羞涩，在草地上解下外罩后，一个猛子扎下了水。

暖洋洋的江水，与清凉的若耶溪有天壤之别。伊施展手脚，没几下划到了江心。对岸，是一处规模宏大的仿古建筑群，那是为纪念西施而建的殿宇。伊听冯军说过，以前的西施殿早就毁掉了，新建的东西没什么好看的。玩得兴起，伊摆动开细嫩双臂，在江中兜了个大大的圈子，又换成仰泳的姿势踅回。

伊懒洋洋躺在江面上，只拿双脚轻轻打水前行。阳光下，蓝天的空旷让人心旷神怡，心儿如同浮云四处飘移。从若耶溪畔懵懂无知的小女孩，一路走到现在，直至和冯军相守在一起，伊感受着生活赋予自己的点滴，觉得一切是如此美妙，美妙得不可思议……

日子一天天地过下去，到后来，伊对未来都有了清晰的打算，冯军也是如此。两人憧憬着未来，也不放弃现在。现在，对冯军来说，是最重要的。

伊清楚自己的选择。在这个小城，两人如菟丝草般交缠在一起，只要有他在，无论面临多大风雨，伊都心甘情愿。

随着时间慢慢推移，伊发现，冯军的性格似乎有两个极端，常常在一阵兴高采烈之后突然沉默下来。伊不知道他在想些什么，或者有什么心事。但从他的眼神里，伊能触摸到对自己的一份真挚，对伊来说，这就足够。

三棵梧桐树转回一个轮回，又一年的年关临近了。整整两年，思乡的情绪在伊心中已如樟树叶一样茂密。这期间，除了仲武哥带客人来过两趟，和去年底王涛来过一次外，就再没遇到家乡的亲人。

最后一晚，两人相约来到鸬鹚湾，缠绵之后，伊说出了自己的想法："嗳，我请好假了，想回家去过年。"

"什么时候？"

“明天就不用上班了。”

“哦，那我送你回去吧。”

“不用了，我想去约春兰，看能不能一块儿回去！”

“你上午去约啊，约好了我们一块儿走。”

“好的。”

第二天，伊大清早赶到了旦旦服装厂，管门的大伯告诉伊，厂里放假都快一个月了。如此说来，春兰早就到家了。“放假了怎么不来找我？都一年多未见面了。”伊暗暗怪道。

回路上，伊本想拐进大桥商场给弟弟买双鞋。伊看到时下城里年轻人都穿真皮运动鞋，显得很潇洒。可伊已不清楚弟弟现在的脚码，只好作罢。

中午，伊吃了碗方便面，便收拾了一应物什，一心等着冯军。秋艳和小玫还留在酒店里忙活，秋艳今年没打算回家。

不长的工夫冯军果然赶了来。

车子驶出城区，沿着宽阔的水泥公路风驰电掣，伊的心跳到了车窗外。就要回到家乡了，不知那儿的一切可曾变样？

一路上，冯军不多言语，只顾专注开车，伊也想着自己的心事。

风驰电掣了近一个小时，车子驶入盘山公路，路面变狭了，车速也同时减慢，周围变得寂静许多。在这片寂静中，伊又闻到了久违的田园气息。

车子绕山曲折，待驶过一段下坡路，眼前出现一个乡镇。隔不到两年，公路两边屹立起一排排三层楼的新房，伊觉得本乡的范围扩大了许多。乡政府，作为其中唯一一幢五层楼的建筑，门楣上悬挂着五个金灿灿的大字“为人民服务”。

车子穿过集市和乡政府前的街道，再往前，出现一条三岔路。伊记得家乡的方位，虽然从前的泥泞小道，现在变成了平坦的水泥路，但横亘在原野上的道坞岭的身姿依然熟稔。

“这条路。”伊指点道。

“哦，知道。”冯军答应一声。

现代化的交通工具确实神速，原本两只脚板需走上大半个小时的路程，现在五六分钟时间就到了。车到道坞岭脚下，伊轻声说：“我到了。”

“就在这儿下吗？”

“是的，翻过山就到家了。”伊侧头望着冯军，心中涌起一股难以割舍的心绪。

“等等。”冯军探过身，从后座拿过一只礼品袋，递给伊。

“什么东西呀？”

“给你父亲的，一点小礼品。”

“哦。那我下了。”伊接过礼品袋，拉开车门后探出身子四下望了望，忽然回过头来，绯红着脸蛋往冯军脸上鸡啄米样亲了一口，连忙一步跨出车门。

伊站在山脚下，目送着冯军掉转车头离开，才收回依依不舍的目光。

翻过了道坞岭，越过了响天岭，眼前又现熟悉的桃源坪，伊内心油然升腾起一股从未有过的安逸与亲切来。若耶溪畔，枯黄的芦苇在风中摇摆，自白地向自己招手，三棵大樟树依然默默无语，还有牧羊过的芳草地……一切都让伊莫名地感动。

伊进自家院子时，闻到股浓重的中药味，看到篱笆墙脚倒着堆药渣。

见伊进门来，母亲喜出望外，口中不住声地说："两年了，娟娟啊！想煞娘了。"弟弟长高许多，也显得成熟许多，或许跟高考的压力有关，弟弟少了平素的活泼劲，喊了声"姐姐，你回来啦！"只顾站在桌子边一个劲儿傻笑，姐弟之间竟然有了些许陌生的感觉。

伊喊了声"爸！妈！"走过去将年货搁在饭桌上。父亲干咳一阵，嘴里嘟囔道："回来就好，回来就好，还买什么东西来？"说罢，从藤椅里站起身，上院子捕杀芦花鸡去了。这一天的晚餐，一家人其乐融融。

隔天上午，伊打算去秀姐家看看，没想半路遇到了春兰。休息了一段时间，春兰脸色红润，恢复了以前健康的模样。两个好姐妹见了有说不完的悄悄话。

“本来放假的那天想来找你，可人实在太累，睡了一整天，第二天就赶回家了。”春兰接着道，“咦？你人白了许多哦！”

“真的吗？我怎么没觉得？”伊记起去年王涛来时也这么说，顺口问道，“王涛回来了吗？”

“他呀，回来好多天了，在工地上打架，把自己胳膊伤了，是师傅赶他回来的。”春兰嘟着嘴，没好气地说。

“这只八哥，还是老样子！”伊觉得又好气又好笑。

“王涛还问起你哩，”春兰睇过一眼，“听他的口气好像蛮关心你的，该不是对你有意思吧？”

春兰的口气带有丝妒忌，而眼神似乎在期待问题的答案，伊当下明白，便对身边好友认认真真地说：“我跟他是不可能的，我们只是好朋友，以前是，今后也是。”

“真的？”春兰脸上抑制不住地露出笑容。

“骗你是小狗！”伊嘟起了嘴。

晚饭过后，伊刚迈出家门，忽听远处传来一阵嘈杂声。

伊循着声音传来的方向赶去，经过三棵大樟树时，见村口跑出来一群人。打头的瘦长个子，模样像水根叔，跟在后面的分明是王涛！只见他一只手臂吊着白纱布，另一只手挥舞着一把大菜刀！“我杀了你！我杀了你！”王涛一边怒吼一边逐着水根叔，一群乡邻跟在后面高喊："王涛！快将刀放下！""有什么事坐下来好好谈！"

伊的心一下子绷紧了，脑子里闪过一个念头"王涛要杀人了！"忙撒开脚步追上去。

水根叔朝着若耶溪的下游奔跑，王涛发狂似的紧紧追赶。好在叔人高腿长，片刻之间难以被追上，但再下去已无路可逃，路的尽头乃一处峭壁，边上是个深水潭。"叔应该往坪上跑呀！哎呀！"伊暗暗为叔叫急。其实水根叔本来是往桃源坪方向跑的，可王涛追上去时抄了近路，只得转往下游跑去。

眼见得两人距离越拉越近，水根叔忽然转身朝吊脚楼跑去。只见他三步并作两步蹿上楼梯，"噌"一脚踢开木门，闪身而进，王涛紧跟着冲了上去。看到这里，伊想"完了完了"，正担心之际，忽听"哗啦"一声响，一个人影从临水的窗户跃出，一头扎进了冰冷的溪水中，再无踪迹可循。

转眼间，王涛从吊脚楼趸奔下来，怒冲冲地站在溪畔，将手中的菜刀指向若耶溪，口中骂道："你跑！你跑！再让我在紫阆碰到，一刀剁了你个王八蛋！"

没等乡邻们靠近，王涛提着菜刀，转身又冲上了吊脚楼。伊和乡邻们围住楼梯，有几个喊道："王涛！下来！有话好好说！""王涛！不要干傻事！"过一会儿，王涛跑了下来，手执菜刀站在楼梯口，铁青着脸喊："谁都不许过来！过来莫怪我的刀不认人！”话音刚落，吊脚楼的楼顶冒出股浓烟，“噼里啪啦”的响声次第响起，吊脚楼起火了！王涛烧了吊脚楼！

“作孽啊！”“唉！”人群中有人摇头叹息，但见王涛这副凶神恶煞的模样，谁都不敢迈出脚步去救火。

待燃起的火焰冲天之际，王涛耷拉着脑袋，把刀一甩，看也不看众人一眼，晃悠着身子朝人群中走来。众人自动让开一条道，待他过去后又聚拢到一起。在大伙儿七嘴八舌的议论声中，冲天的火焰慢慢燃尽、熄灭，最后，吊脚楼成了一片废墟。

伊闷声不语进了家门，父亲知道后，觉得奇怪："咦？水根下午进村时还好好的，这是咋回事？”

“听别人说，水根叔跟姑闹离婚，惹恼了王涛。”伊答。

“离婚？这两年水根去了县城，王涛他娘忙里忙外的，难得聚一起还会闹离婚？”母亲不解。

“好像叔在外面又有了别的女人。”伊将听到的话说了出来。

“难怪，唉——”父亲长叹一声。

这会儿，弟弟安静地趴在桌子上做作业，没发表一句评论。

约莫过了一个小时，传来几声“笃笃”的敲门声，伊跑去打开门，一个浑身湿漉漉的人闪了进来，是水根叔。

“叔！”伊叫道。水根叔脸色苍白，哆嗦着身子应了声。

“快！拿块毛巾来，”父亲吩咐伊，又对母亲道："去找几件衣服出来。”

水根叔去里屋换了身干净的衣服，母亲早泡好了一杯热茶。叔出来后一屁股跌坐在椅子上，两手拢着杯子取暖，几口热茶落肚后，脸色好看了许多。

“咋回事？”父亲问道。

“唉——说来话长，我也是迫不得已。”叔没直接回答。

“有什么事不能商量着解决，非得动刀动枪？”

“王涛那小子不听话！”叔的嗓门一下高起来。

“你真的准备离婚？没个挽回的余地？”父亲瞟了他一眼。

水根叔摇摇头：“我给了婆娘一万块钱，说这两年你也过得不容易，这点钱算是补偿你的。婆娘嚎哭一阵倒没什么事，可王涛那小子急了，非得跟我拼命。唉——”

“钱补偿得了么？看这两年，王涛他娘是里外的活儿一肩挑，苦得很哪！”

“我也不容易！风里来雨里去，这钱是我卖茶叶蛋、卖豆腐干一点点攒起来的！”

“我没说你过得容易了。本来成了家，夫妻俩一块儿使把劲，总指望以后的日子过得安逸些。我没说你过得容易了。”父亲强调了一句。

伊听了叔的话，忽然想起去年自己在医院门口见到的，该不会真的是叔吧？如果是真的，那时候他身边就有别的女人了。

于是问了声：“叔，你在县城哪里摆摊呀？”

“哦，医院门口。”叔有口无心地答了句。这下伊什么都明白了。

“刚才听娟娟说，吊脚楼烧了，今晚你就在咱家过吧，让孩子俩挤挤得了。”母亲站在一边说。

“不用，不用。”

“你还得自己考虑清楚，也老大不小了，怎么说离就离呢？好歹这里有个家啊！”父亲劝道。

“老哥，你有手电筒吗？”水根不愿就这话题再谈下去。

父亲听了，一张脸黯了下来，吩咐母亲道：“把手电筒拿给他。”

母亲从橱柜里找出手电筒，试了试亮光，还行，走过去递给了水根叔。叔接过手电筒，起了身，对一家人说道：“我回去了。”

“这么黑咕隆咚地摸出山去？住一宿再走吧！”母亲的眼色中满是担忧，回头看了眼父亲，似乎想让父亲劝说几句，但见自己的男人黑着个脸不发一言。

待水根叔走出家门，父亲长长地吁了口气，自言自语道：“水根不像是这种人哪！怎么刚出去两年就变了。”

伊觉得这话像在骂自己，心里有股说不出的滋味。

第二天下午，伊独自去了秀姐家。大婶提起女儿来，带了一副惋惜的表情，不过口气却很高兴：“丫头在深圳工作哩！坐坐办公室，清闲得很，不知哪辈子修来的福分。”

“姐这两年没回来过吗？”婶的话证实秀姐确实去了广州那边。

“人没回来，钱倒是寄来过。这丫头，一个人跑这么远，去的那会儿也不跟家里说一声。”婶抹了把湿润的眼角。

“姐不会有事的。”伊劝了一句。

“这丫头从小要强，跑再远我也放心得下。只是，唉——金窝银窝不如自家草窝，现在过年了连个人影也见不着，攒再多的钱有什么用啊！”婶叹道。

从秀姐家出来后，伊本想往村东头去，去看看王涛，可转念一想还是往自己家里走去，没想半途中两人却恰巧碰见了。

王涛见到娟娟，露出一脸憨厚的笑容，招呼道：“娟娟，过年来了？”

“人家昨天就回来了。”伊本想说昨天你的样子好凶，可话到嘴边咽了下去。

“下火车时想过来找你的，现在你瞧瞧，我都变成伤兵了。”王涛将绑着白纱布的胳膊扬了扬。

“做伤兵倒还行，成残疾就麻烦了。”伊笑着戳了他一下。

“到我家去坐坐吧！”

“不了，我还要回去烧饭。”伊回道。

“那好，晚上我过来找你。”王涛一双眼睛亮亮地看着伊。

“嗯！晚饭后我们晒谷场见吧。”

晚饭后，伊约了春兰，两人手牵手来到晒谷场。王涛正满场子踢一块卵石玩，一只手反背在身后。春兰眼尖，叫道：“伤兵姥爷，手里什么东西？”

王涛笑了笑，将手中的东西一亮，春兰蹿上前一把夺了下来。

“呀！这是什么东西？”春兰端详着手中的小盒子。

“这你不懂了吧？来，姥爷教你。”王涛伸手将盒子上的金属手柄旋了几圈，放开后，小盒子响起一阵“叮叮咚咚”的音乐：“这叫八音盒，懂吗？”

春兰一脸惊喜，口中嚷道：“声音真好听，是送给我的吧？”

王涛挠了挠头皮，勉强道：“你要就拿去好了！”

伊心里清楚，这是王涛准备送给自己的，但不好意思点明，就当让给春兰吧！忽然，伊像发现了什么似的，四下张望了一番，问道：“咦？大灰呢？”

这一问，王涛的脸色顿时黯下来；“早死了，我走的那天大灰跟到响天岭，我扔了石块才把它止住。后来饿死了。”

“饿死了？姑没喂它？”

“哪有的事！估计我走后大灰待在岭上就没下来过，我娘寻遍了全村也没寻到，等后来赶集的看到，大灰都成一把皮包骨了。”王涛挥挥手，像要忘却这件不愉快的事。

三人不约而同地朝小石桥方向走去。夜幕笼罩四方，隐隐显出三棵大樟树崔巍的身姿，明快的若耶溪在黑暗中汩汩流淌。眼前的景象让伊仿佛回到了从前，可是牧羊的少女已经不再。身边，两个儿时的玩伴嬉笑打骂着，伊却怀了自己的心事。是的，在这片静寂中，伊不由自主地想起了远方的他。

三人闲坐在草地上，春兰对手中的八音盒爱不释手，又问长问短起王涛胳膊受伤的事。王涛吹嘘自己的英雄业绩来，格外兴致勃勃。伊插不上嘴，看着两人聊得投缘的样子，便起了拉拢两人的心思。想到此，伊站起身来：“你们聊吧，我有事得早点回去了。”

“有什么大不了的事啊！”王涛抬头看着伊，目中充满疑惑的神气，也想跟着站起身，春兰偷偷拉了拉他的衣袖，催促他继续刚才的话题。

“你们再坐会儿好了。”伊不想再停留，转身往回路上挪去。

寂静的夜晚，伊的心情异常失落。伊知道这一走，等于如答应春兰过的，是将自己和王涛两人的关系框定在了朋友的圈子里。或许王涛根本没想那么多，或许已经有所明白，但已错过了时机。对自己而言，现在是想成全春兰的心事。自己不是从小就让着春兰的吗？以前踢毽子让着，现在倒把青梅竹马的朋友给让了。换个角度讲，伊感情的世界再容不下其他人，伊的思绪一片纷乱……走着走着，看到了小屋的灯光，那片晕淡的光辉，像一只无形的大手，轻轻拂去内心的失落，伊重又拾回了温馨与快乐。

15

杏花村酒家向北一华里，浣纱江往东折弯处，江面上突兀出一座孤岛，老江东人称之为小莱洲，岛上住着六七户人家。因为与陆路未有桥梁相连，当地人靠一条小小的摆船过江。若待晨曦之际，环岛氤氲一片雾气，房舍和树丛在雾气中若隐若现，似有番蓬莱仙岛之美景。

新年里，难得的一个下午，冯军偷了闲，陪伊一块儿去江边散步。两人路过时，伊按捺不住好奇心想去探个究竟。冯军不忍拂意，刚巧看到摆渡的小船停靠在岸边，于是两人下了岸。船上，冯军亲自摆弄起一支长篙。

冯军摆弄着长篙，小船在江中东旋西转，就是不能笔直向前，伊坐在船舷，笑道："还是我来吧！这样子弄到天黑也上不了岛的！”

“咦？真奇怪。”冯军嘀咕着，又摆弄一阵，小船仍没前行多远，只好将竹篙交给伊，自个儿过去坐在船头。

“你以为是握方向盘呀？”伊人在船尾，笑吟吟地取笑道。站稳了脚步，拿竹篙往江底轻轻一点，小船轻飘飘往前移去。

“看不出你还有这本事！”冯军佩服道。

“以前我去水根叔的船上玩，就学会了。”伊轻盈地驾着小船。

没几篙，船到对岸，伊将缆绳拴在木桩上，两人手挽手往岛上走去。

伊仿佛回到了藏绿山的原始森林，徜徉在倒伏的枯草上，像踩着厚实的地毯，身边几棵高大的冬青树，枝繁叶茂，遮天蔽日。行不多远，眼前出现了几块洼田，洼田背后，屹立着几座低矮的农家小院。两人走近时，伊看到围墙残垣上标着鲜红的大字：拆。接着，在别处的农舍也发现了这个字。

“怎么？这里的房屋都要拆了？”伊问。

“估计是吧！”冯军答。

“那这里的人怎么办？”

“这个不用你担心，政府会安排的。”

一位大婶正坐在屋门口挑拣着一簸箕的黄豆，听到身边动静，抬起头平和地看了两个生人一眼，又低头有条不紊地忙碌着，全神贯注的样子让人不忍惊扰。

行不多远，伊偷偷拉了拉冯军的手，说道："咱们回去吧，等会儿可能有人要进来。"伊的意思是，得赶快把船弄回去，等会儿有人要摆渡的。

"好吧！这里也没什么好玩的。"冯军说。

不是好玩不好玩的问题，伊是很想再多待上一阵子的。这方小小的环岛位于城市之中，又孤立于城市喧嚣之外，感觉异常恬静与安逸。

两人踅回船内，果见对岸站着位背箩筐的大爷，穿着身粗布棉袄，昂首向小莱洲方向眺望着。伊见状，忙急点竹篙，将船摆渡回对岸。靠岸时，伊将小船掉了个个，好让大爷掌篙时顺手。

大爷红光满面，未待船停稳，一步跳将上来。伊将竹篙交到他手中，没忘了说声"对不起"。

冯军上岸前，随口问道："大爷，里边的房子要拆吗？"

大爷"哈哈"大笑，朗声说道："拆了好！拆了好！拆了好住新房！"

大爷轻点竹篙，驾船朝对岸急驶而去。

冯军对此地相当熟悉，上岸时告诉伊："以前，每逢浣纱江涨大水，小莱洲的田地就被淹，人也出不来。不过这地方被挖了实在可惜。"

“是呀，是怪可惜的。”伊说道，“要是弄个风景区，岂不更好？”

“你以为你是市长大人啊？”冯军调侃道。

沿江边折返，伊准备回去上班了。走一段路后，迎面来一个小伙子，梳着小分头，冲冯军道：“冯老板，今天这么有空啊！”

“哦！没事出来溜达溜达。怎么样？生意还好吧？”冯军放开牵着伊的手，从口袋里摸出烟来，递一支过去。

“生意嘛，还是老样子，哪比得上你挣钱啊！这位是——”小伙子眯眯笑的神色，让人觉得油滑得很。

“我表妹，来城里玩的。”冯军答道。

“哦！过几天约上陈浩一块儿来打牌？”

“好的好的，改天一定约你。”

年轻人走过去后，冯军再想去牵伊的手，伊心中有丝不快，甩了下手臂：“谁是你表妹呀！”

冯军“嘿嘿”一笑：“嗳！朋友之间说着玩的，不要当真。”复又牵住伊的手，讨好似的说道：“那人是开音像店的，过几天我带你去他那里弄几盘最新的碟片来看看？”

“谁叫你说瞎话的！”伊嗔骂道，一丝不快已烟消云散。

胡同里的店主不知从哪儿搞来只鹦鹉，鸟笼挂在店铺门口。起初伊不以为意，有天去上班时，刚拐进胡同，忽听得有人对自己打招呼“你好！”伊停住脚步，四下望望，没见什么人，耳听得两声“你好！”“你好！”伊“扑哧”笑出声来，以前只听过“鹦鹉学舌”这成语，没想叫得那么逼真，差一点被糊弄了。

“你好！”伊也这么跟鹦鹉打招呼，“你好！”鹦鹉总像老朋友一样答复。

幸福充盈在伊心田。好多次，在鸬鹚湾，当伊投入冯军怀抱时，扪心自问：“我就要和这个人生活一辈子吗？”

黑暗中似有一个声音在问：“难道你不愿意吗？”“不！我愿意！”是的，伊打心底愿意。

倒是秋艳，洞悉了两人的事后，开始有意无意地数落起伊来：“找个男朋友一点也没捞着实惠，你看当初秀姐，男朋友换得像走马灯似的，要什么有什么，人家想巴结还巴结不上哩。你看你，捞着了什么？还整天脸上喜洋洋的！”

秋艳数落的当儿，伊微笑着不作任何分辩。是的，伊根本就没想奢求什么，从内心来讲，只要能与冯军待在一起就好，秋艳所说的都不是关键，关键是，两人能待在一起就好。

开春之际，滨江北路的另一边开辟出一条通道，穿过下江东的村落，直接与外环线沟通。因搬迁的住宅小区还未建成，一批下江东的拆迁户便拖儿带女地搬进政府安排的临时安置房。平日里，通道中的重载卡车往来不断，民工们有的推着翻斗车，有的手拿铁锹忙碌地铺设着路基。如此估算，离整条胡同的拆迁已为时不远了。

距杏花村酒家不到一百米，一幢楼宇前新搭起了脚手架，进行外装潢。秋艳最先得知消息，回宿舍说："旁边又要开酒店哩！"

"是吗？那以后我们这边的生意是不是要受影响了？"伊担心地问。

"傻丫，这是你要担心的事吗？我们做服务员的，当然是酒店越来越多才好，也有我们挑选的余地。"

"哦，这倒是的。"秋艳的话很有道理，伊想，值得担心的应是老板娘。

门前的三棵梧桐树经历一冬的霜冻，开春又抽出新芽。窝棚里的老人生活依旧，伊碰到时会问候一声，不过再没提及他儿孙的事，伊怕伤了老人的心。

不自明中，伊已出脱成一个亭亭玉立的姑娘。少了日晒雨淋，伊的肌肤愈加白皙，如同雨后盛开的玉兰花，客人问起，都不相信伊是从乡下过来的。

春分过后，稀松平常的日子与以前没什么两样。这天，伊醒来后右眼皮直跳，跟秋艳一说，秋艳嘻嘻笑道："该不是要交桃花运了吧？”伊想“左跳吉右跳凶，哪来的什么桃花运啊”。

中午时分，“芙蓉阁”迎来一批贵客。其中一位老者，满头银发，上穿件深灰色西服，手拄根红木拐杖。落座后，陪同的一位陈主任殷勤有加，递上菜单问点什么菜。

老者从上衣口袋摸出副老花镜戴上，仔细翻看起菜单，然后拿手指着一道菜，抬起头神往道：“年轻时候我在杭州吃过这道菜，如此美味在台湾待了四十多年再没享受过。不知这里的厨师手艺如何？”

老者所指的“宋嫂鱼羹”，乃淳熙年间，杭州西湖边一位人称宋五嫂的妇人所制。其色泽金黄，鲜嫩滑润，味似蟹羹，有“赛蟹羹”之称。当年宋高宗赵构游西湖，吃了宋五嫂所做鱼羹，大为赞赏，当场赐予金银绢匹若干，从此声名远播。有诗曰：“一碗鱼羹值几钱，旧京遗制动天颜。时人信值来争市，半买君恩半买鲜。”

听得老者话，伊在旁接口道：“大爷您放心，我们的厨师张是杭帮菜传人，肯定能做好的。”伊说的是事实，此时并没因先前的受辱而对厨师张心存芥蒂。

透过窗户可以看见蓝蓝的天，伊的心情跟天空一样，洁净明亮。

席间，老者絮叨道：“人老了，每晚一阖眼，脑子里总现出老家的山山水水，真奇怪，都离开四十多年了，怎么老来反而格外想家了呢？”无人回答老者的问题，这是一个人的切身体验，旁人又怎么会知晓呢？

“周先生，您这次回来对家乡的变化有何感想？”陈主任问。作为本市的台联主任，总想听一些赞美的言辞，回去写报告时可以渲染几笔。

“街上车倒是多了不少。”老者轻描淡写地回答一句，接着道：“当年我远赴四川去从军，路上坐的什么车你们知道吗？我们坐的木炭汽车，烧木炭的，遇到上坡路，乘客全下来推。可以说，抗战的胜利，木炭汽车功不可没啊。”

陈主任没得到想要的回答，又换了个角度问：“周先生，您给我们说说以前的县城是个啥模样？”

“以前的县城啊，风景正当美。城中有五湖，湖湖桥涵相连，又与浣纱江相通，流动的都是活水。苎萝山上有吴公庙，当年我血气方刚，每天大清早和青年服务队的队友一起爬山、练晨操，一心想着练好身体保家卫国。现在你看看，湖也填了，庙也废了，世道完全变了。早些年我那本《当时正年少》的书里，都有描写，有时间可看看。”

“现在我们重建了西施殿，还准备在鸬鹚湾建一个大型的旅游观光度假区，到时您再来，我陪您一块儿走走。”陈主任不失时机地作了番广告。

“好的好的，到时我一定来。”老者领了情，陈主任的脸上笑意盎然。

待他们用餐完毕，撤去桌上一应餐具，换上洁白的台布，伊也浑身泄了劲，只待和姐妹们一起用午餐了。

伊走下楼梯，秋艳正帮老板娘的小女儿一起清点账目。伊走过去时，耳朵里听得“噶”的一声响，转头一望，见一辆出租车停在店门口。伊想：这么迟了还来客人？

司机奔进店来，看到伊后停住脚步，问：“你是王小娟吧？”伊觉得奇怪，自己并不认识这个人啊！想归想，还是习惯性地点了一下头。

“快跟我走！”那人拉了伊一把。

“什么事呀？”伊问道。

“哎呀！快走！冯军出事了。”那人不由分说，拉了伊就走。

听得这句话，伊脑袋瓜子里“轰”一声响，一双脚不由自主就往外面走去。出门后，机械地坐上了那人的车。

车往人民医院方向驶去，车窗里，伊表情木讷，头脑中只回响着一个声音：冯军出事了！冯军出事了！

伊头脑里浑浑噩噩，随司机乘上电梯，来到医院四楼，司机在病房前止住脚步。伊看得清楚，房门上贴着“抢救室”三个红字，这血样的字像一把利刃刺疼了伊的心，伊的眼泪当场流了下来。

门口围着一群人，争相到门窗玻璃处张望，但视线却被房间里的白色挂帘所挡。过了会儿，一名医生掀开挂帘后走了出来。

一群人马上围过去。“怎么样医生？”众人异口同声。

医生口气十分平淡：“安排后事吧！”说罢，头也不回走向走廊一侧。

伊在旁听得这句话，浑身发软跌坐在椅子上，伏下身去一动不动，也没哭出声。

耳朵边响起一阵哭嚎声：“儿呀！儿呀！”“军啊！”伊机械地听着，思绪停滞在麻木不仁的空洞中，没有眼泪，也没有悲伤。

许久许久，伊终于啜泣起来，这是一种拼命压抑着的哭泣……巨大的悲痛之中，伊明白，心爱的人儿已永远离开了人世。

有只手搭在伊肩头，伊泪眼蒙眬中抬起头，看清是刚才的司机，其余的人此刻都从身边消失了。

“我想去出事的地方看看，好吗？”伊用幽怨的目光看着司机。

司机点点头表示同意，伸出胳膊，搀扶着伊下了楼。

两人带到南环线的三岔路口，当地人称之为三踏步的地方。伊下车后，摆摆手让司机先回去，顾自呆呆地站在路基旁。

附近路面上散落着许多破碎的玻璃，在阳光下闪着粒粒刺芒，刺疼着伊的心。

伊不知自己如何回的宿舍，整个世界变得暗淡无光。

两天两夜，伊躺在床上，粒米未进，秋艳跟小玫一遍遍劝说，伊却像个木头人一样不发一言。

第三天清晨，秋艳买来豆浆和馒头，上前扶起伊身子，想再作一次努力。小玫也在旁哭着哀求："娟娟，你就吃一口吧！"可伊的双唇依旧紧闭。这时，收破烂的大爷走了进来，大概是小玫的哭声惊扰了他。

"怎么回事？"大爷问道。

秋艳把大爷拉到一边，轻声地嘀咕了一会儿，大爷听后长叹一口气，从秋艳手中接过杯子，坐在床沿："好闺女，听大爷一声劝，活着总比死了强啊！你不为你自己也要为你爹娘着想啊！他们知道你这个样子还不伤心死了？"

伊听得这番话，眼泪溢了出来。

大爷接着说："想当年，我婆娘生出那不肖儿后也过去了，我那个伤心啊！咱是苦日子一起熬过来的，好不容易能吃上口饱饭，倒落下我一个人了。你想啊，我能不伤心吗？后来我想通了，要是婆娘泉下有知，不会希望我这样，只会盼我好好活着，把咱们的孩子带大。"

话到这里，大爷拿干枯的手舀起一匙豆浆送到伊嘴边，伊慢慢张开小嘴嘬了一小口。一匙接一匙，大爷将豆浆喂完，然后拍拍伊的肩膀："好闺女，好好活下去，人得为自己活着。"

说罢，大爷起身出了门，门口响起三轮车"吱扭吱扭"的声音，逐渐远去。

冯军出殡的日子，伊没赶去，也没力气赶去。自忖在他家人眼里，算什么人呢？上午，伊端着铁罐来到梧桐树底下，神情木然地打开盖子，又从口袋里掏出打火机，探进手去点着火。

纸鹤燃起的黑烟，沿着梧桐树的躯干往上爬，伊的心，随着沉向无尽的深渊。三十六只纸鹤，代表了三十六场幽会，是伊过往青春的全部，此刻，随火焰的熄灭化为灰烬。

一星期后，伊恢复了元气，人是明显消瘦了一块。同时，秋艳告诉伊一个坏消息，说三天前老板娘作出决定，将伊辞退了。辞了就辞了，伊想，没什么大不了的。

"想不想去别的酒店上班？我跟达夫哥说了声，他说市区有家'迎宾阁'的休闲吧刚开业，需要几个服务员。"秋艳关切地问。

"都一样的，我去。"伊无所谓地说。

"先去试试吧！不好就回来。床铺给你留着，晚上可以回来睡。"

第二天上午，秋艳领伊来到浣纱路上的“迎宾阁”。一切非常顺利，店主让伊直接就可来上班。伊回到宿舍简单准备了一下，下午独自赶了过去，到傍晚时分却回了宿舍，说什么也不去上班了。秋艳不明就里，问了后才知道，原来“迎宾阁”不是什么正规的场所，包厢里的服务员不但要陪酒、陪唱，还得满足客人的一些非分要求，伊受不了那份罪。

“怎么介绍这么个地方？”秋艳口气中透出对达夫哥的一丝埋怨。

伊像只被荆棘划伤的翠鸟，慢慢舐着自己的羽毛。

休息两天后，伊决定去趟鸬鹚湾。冯军家里还留存着自己落下的物什，人都不在了，这些物什留着还有什么意思呢？总得过去处理掉。

伊怀着沉重的心情走出宿舍，在胡同口招了辆出租车，来到鸬鹚湾。

伊上了楼梯，边走边想万一遇到他家人该如何解释？也不用作什么解释了，就说自己是冯军的朋友吧，想到这儿心中悲不自禁。

二楼的铁门开着，一个男人正在里面打扫房间，看到伊时，明显吃了一惊：“是王小娟？进来吧！”

伊奇怪这个男人怎么会知道自己的名字，他是冯军的什么人？

“我叫陈浩，是冯军朋友，过来收拾一下房间。”男人似乎猜到伊的心思，自己先作了解释。

“哦，我过来拿点东西。”伊平静地说道，迈进了房门。

“请便吧！”男人挥动扫帚，自忙自的。

伊走进里屋，将自己的物什装进一只塑料袋，而后目光四处巡视，似乎要把屋内的一切都刻录下来……伊抑住泪水，默默退了出去。

路过客厅时，扫地的男人抬头瞟过来一眼，似乎想说什么话。

“这是房间钥匙，记得交给他家人。”伊从口袋里摸出钥匙，放在桌上。

“好的。”男人回答道。

伊出去时，顺手带上了防盗门。伊知道自己永远不会再踏进这扇门半步了，不禁回过头眷恋地回望了一眼。门上贴着张小纸条，是催交电费的通知单，户主一栏里，赫然填着两个字：陈浩。“难道这房子是陈浩的？冯军不是说是他自己的家吗？这到底是怎么回事？”伊起了狐疑，隐隐觉出里面有什么不可告人的秘密。

陈浩刚松口气，就听见了敲门声，开门一看，见是刚出去的女孩，不由紧张起来。

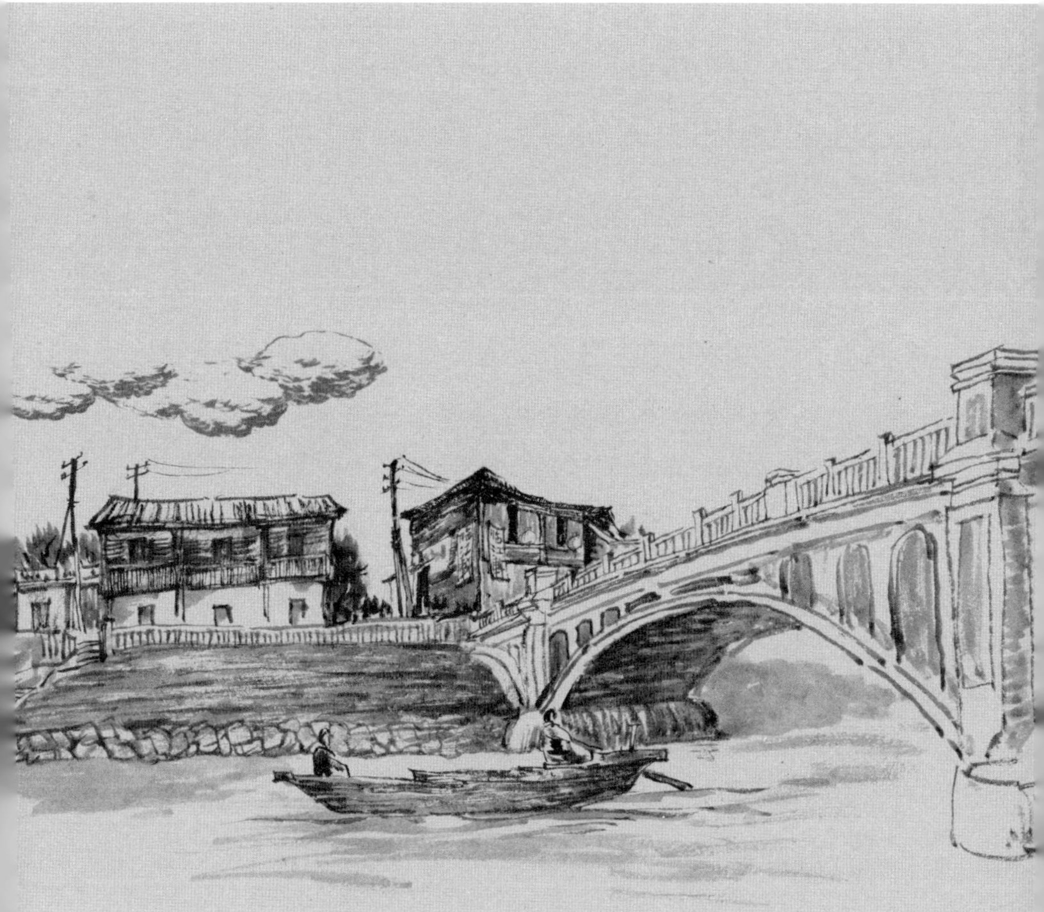

“这是怎么回事？你说！”伊扬起手中的催款单。

“这、这是催款单呀！”陈浩有些慌乱。

“这房子是你的！为什么冯军说是他的？你说！”伊扬起俏脸，口气不依不饶。

“这，唉——好吧好吧！人都死了，我把一切都告诉你吧！”面对伊咄咄逼人的气势，陈浩一时之间编不出合适的理由，只好将事情经过说了出来：“说出来你不要生气，我们这帮人都没个正经的，有事没事常聚在一起喝酒。那天杏花村吃饭我也在场，是冯军将你送去的医院，回来后我们说他是英雄救美，还跟他打赌，说如果能在一个月内搭上你，就算他赢，完了哥几个轮流做东请他吃饭，要是没上手就算他输。结果有次他说约了你出来，让我们几个来作见证，那天蓝山咖啡厅，我们就坐在隔壁，只不过你不认识我们而已。唉——没想到后来冯军对你动了情。他是有妻室的人，他妻子是火车上的乘务员，平日不太回家。为了和你约会，冯军把我的房子借了去。这是我的老宅，冯军是我铁哥们，他来借哪有不借的道理……”

陈浩没注意自己在说这番话时，伊靠着墙壁才勉强没有倒下去，伊的脸庞变得吓人的惨白，心中欲哭无泪。

“他晚上开车也是假的？”伊嘶声问。

“什么晚上开车？那车就是他的，白天自己开几个小时，晚上都租给别人开，他只管收租金。”

“知道了。”伊费力地说出这句话，慢慢转过了身。

清凉的风轻轻刮过街道，天空中的云朵诡异无比，漫天阳光照耀着一座座森严的楼宇，它们冷漠的壁垒无视一切鲜活的情感。“一切都是假的，是骗人的。”伊无法再回忆。“为什么要来这一趟？为什么要去弄明白真相？不知道多好，陈浩，你为什么要告诉我这些？为什么？”

伊沿着江畔往回走，呆滞的目光掠过奔流不息的浣纱江，无辜的心儿被击得粉碎。陈浩一席话，将伊过往的青春全部生吞活剥，连回忆都成为一场可怕的梦魇。“为什么啊！”

宿舍里，秋艳和小玫见了伊绝望的神色都感到害怕，两人不明白伊在经受着怎样的煎熬。

白天，伊坐在廊埠的小凳上，呆呆地看着三棵梧桐树，可以长时间不眨眼睛，似乎已把周围的一切遗忘。晚上，伊沿着江边瞎逛，有时就待在晚晴亭旁，听大婶们唱——

“姑娘，姑娘啊！请姑娘放心喝下这暖肚汤，这里是南京城外邹家庄。只为我兄长赶考无音讯，奉嫂命打听京报上街坊。半路上见你昏倒在地，怎禁得冰雪满地朔风狂。看左右无人经过相救你，顾不得男女之间有大防。这草房是我嫂嫂一人住，救你来与她做伴也无妨。

姑娘啊！因何落难对我讲，不要悲伤泪汪汪。姑娘一定身寒冷，你只管披上我嫂嫂旧衣裳……”

“你好！”“你好！”小店的鹦鹉依然像老朋友似的跟伊打招呼，可伊再无兴致与之对话。一只鹦鹉，尽管学会了几句人话，可怎么能知悉人类的心思呢？

秋艳跟小玫轮番给伊弄点吃的，伊有时吃一点，有时干脆整天不吃。半个多月下来，头也不洗一次，牙也不刷一口，伊的身子日渐消瘦。

再后来，一名新员工被安排进宿舍，秋艳想让伊跟自己一块儿睡，可伊因为长时间没洗澡，身上有股难闻的气味，秋艳没法，向大爷讨来几只纸板箱，拆开来摊地上，搭了一张地铺，伊每晚就睡在这上头。

“娟娟的脑袋瓜是不是有问题了？”小玫神秘兮兮地问秋艳。

“瞎说！当心烂舌头。”秋艳瞪了小玫一眼，骂道。

这样的日子过了近一个月，忽一日傍晚，伊走进大爷窝棚：“大爷，我想跟您去擦皮鞋。”

大爷正手拿针线缝补一床被套，听得这句话，眼睛湿润了：“好闺女，大爷怕你这多天来使坏了脑子。擦皮鞋？好好，出门在外，能有门赚钱的手艺就行。你今天跟我去，在一旁看看，看段时候就学会的。”

隔天，大爷钉了只小木箱，又去小百货市场买来两条小板凳和油膏、油蜡等一应用具。从此，每个夜晚，太平桥头多了个擦皮鞋的小姑娘，因其蓬头垢面，倒也没引起旁人多大注意。同行都以为，大爷是姑娘的亲爷爷。

伊变得郁郁寡欢，平日里难得说上几句话。新来的服务员是个河南人，姓陈，四个来自不同省份的姐妹待在一起，倒也相安无事。

暑期到来后，天气特别炎热。伊白天在家，把宿舍打扫得干干净净的，顺带着将姐妹们换下来的衣服都清洗了，还有大爷的。伊不多言语，心却如一面明镜似的。伊感激身边的这些人，如果不是她们相助，自己不知该如何熬过这段日子。

伊对自己很苛刻，头发乱糟糟的，一身穿着也是灰不溜秋，让别人看了还误以为是乞丐。秋艳劝过几回，见伊没什么反应，秋艳也没了辙。后来忽然想到，娟娟每天要去擦皮鞋的，要是打扮干净就不像了。对自己的解释秋艳觉得合情又合理，可见娟娟的头脑并没有任何问题。

伊期待着一件重要的事情，在没有证得结果之前，伊守口如瓶。

消息是由秋艳带来的，正是一天中最热的时辰，秋艳跑回宿舍来对伊说：“告诉你一个好消息，你得请客！”

“什么消息？”伊按捺住内心的激动，问道。

“你弟弟考上大学了，你爹打来的电话，让我转告你。”

“真的啊！”伊期待的事情终于有了结果，眼泪夺眶而出，搂着秋艳又笑又闹，将往日的阴霾一扫而空。

秋艳很欣慰，这么多天来第一次看到伊高兴成这样，觉得伊终于解脱了出来。

“我要回家，我要送送我弟弟！”伊兴奋地说。

“你爹说你不用回去，弟弟上学前会来找你的，到时候你爹也要上来。”秋艳踟蹰片刻，然后说：“知道吗？这段时间酒店出事了，厨师张一帮人跳了槽，去了另外的酒店。”

“哦？那酒店怎么办？”

“厨师另招了几个，可是手艺不行。还有，隔壁的香园大酒店开业了，装修得很气派，一帮厨师都是从广州请来的，我们没法比。”

“那岂不要影响生意了？”

“岂止是影响，我估计再过段时间就得关门。我算了算，现在的生意，还不够酒店日常开销的！”

“要是关了门，你们怎么办呢？”伊颇为担心。

“我倒无所谓，几个头脑灵光点的，早跳到香园当服务员去了。”

“小玫呢？”

“去试过，可人家不要。人家对服务员很挑剔的，身高要一米六以上，人还得机灵。”

“也不知弟弟他们什么时候上来。”伊这会儿念想着弟弟。

“说是九月初吧，你得做好准备哦！”秋艳笑着叮嘱道。

“我爹还说别的没有？”伊想到另外一个问题。

“没说别的，就说让你放心啦、注意身体啦什么的。”

“哦。”伊应了一声。

伊为弟弟的事兴奋着，可心头还有块石头没放下。伊知道上大学需要很多钱，这几年自己寄回去的钱，仅够父亲医治腰伤和日常开销，不会有多大节余。伊担心家里的处境。

到了月末，小玫哭丧着脸回到宿舍。秋艳的预言已经奏效，杏花村酒家倒闭了，接盘的老板，也是个女的。伊特意过去看了看，见“杏花村酒家”的金字招牌已被摘下，一群木匠正在忙活，不知以后会开家什么店。

秋艳像个没事人似的，无事可干，便整天去外面瞎逛。三天后，小玫和小陈一齐搬出了宿舍，走前也没说去什么地方。

转眼到了第二个月中旬，晚上，秋艳进门来对伊说：“娟，明天你打扮一下，茶楼要开业了，我带你去应聘。”

“茶楼？哪个茶楼？”伊问。

“哎呀！就是以前的杏花村，现在变成了茶楼，去不去呀？”

伊略一沉吟，说道：“好吧。”

伊梳洗了一番，换上身干净的衣服，秋艳见了连连说道："没走样嘛！还是老样子。"

是的，单从外表看，仍是副清纯模样，但伊内心，经历了此番变故，已对城市里的人深具戒心。看着镜子里自己的面庞，伊轻轻叹了口气，转身走出了房门。

伊推开窝棚门，大爷刚从桥头回来，正就着盆冷水洗脸。伊上前去："大爷，我明天可能要到茶楼去上班了。"

大爷不置可否，洗完了脸，回头坐在床沿边，昂首看着伊，目光中流露出几许疼爱："闺女呵，大爷本就没指望你干多长时间的，这一向来委屈你了。"

大爷顿了顿，语气缓慢地说道："人得学会受委屈呀！一个坎一个坎能迈过去就成，好好活着！路还长着呢！"

"谢谢！"伊离去时，发自内心地道了一声谢。

第三章

16

装修一新的“铭雅居”茶楼，具有传统的江南建筑风格。两扇厚重的进户门上，镶着两只铜门环。进门，迎面是黄花梨的四曲屏风，屏风一角有只紫檀木花台，上摆一盆梦尾春，顾名思义，花期在暮春时节。整个茶楼里好似旧家具的大杂烩，有太师椅、圈椅，有鼓墩和茶几……这些民间收集来的物件称不上精致，做工倒也考究，可见老板娘颇费了番心思。

茶楼共分上下两层，以格栅划分为“清寂居、致远居、澹

铭雅居茶楼

泊居”等不同区域，高雅的名称配上古色古香的摆设，饶具古典韵味。若干年后，国内兴起股明清家具收藏热，濒临破产的老板娘靠了留存下来的这些旧家具，发了笔意外的横财，此是后话。可见人间事奇正互为，非常理所能掂量。

伊偷偷告诉秋艳：“我家中也有张床，很老旧的。”

伊家中月洞门式的架子床，是母亲当年的陪嫁之一，也是外婆家祖传下来的东西。因为年代久远，床的部分榫件已经开裂，可见不是什么贵重的木料所制。不过，床围上雕刻的暗八仙图案，至今都栩栩如生。

算上伊跟秋艳，从杏花村酒家留下来的只有三个人，茶楼另外再招了三名服务员，人数比以前减少了一半多。伊的宿舍搬来了新伙伴，小名楠楠，贵阳人。开业先期，老板娘从杭州请来一名茶艺师，对服务员进行了系列培训。

茶艺师是个姑娘，长得细眉嫩目的，说起话来轻声软语，非常中听。听了讲解，伊方才明白，原来看似平常的喝茶也有这么多讲究。

中国的茶道，乃受了道教、佛教与儒教思想的影响，讲究习茶修身，以达到天人合一的境界。茶分绿、黄、黑、白、红及乌龙六类，江南盛行绿茶。茶艺师传授了一套基本礼仪与手法，例如不同的姿势与鞠躬礼，茶巾的折叠、拿茶盅手法、翻杯手法等等，名目繁多。

起初，秋艳颇感兴趣，回宿舍泡茶时，还不忘拿热水瓶往杯里连斟三下，说道："注意，这是凤凰三点头！"完后大笑道："什么凤凰三点头？依我看是公鸡三啄米！"时间稍长，秋艳不耐烦了，做演习时只像模像样地应酬一下，再也提不起兴趣来。伊学得非常认真，伊没多余的想法，只觉得这是一门学问，是学问，能掌握终是件好事。

伊白天将茶艺师所讲的都记录下来，晚上回宿舍后不忘细心揣摩一番，不长的时间，基本掌握了茶艺要领。伊生性恬静，举止从容自如，契了茶道的清心之境。茶艺师离开小城前，特意留给伊一张名片，让伊有机会的话可来杭州发展。

这天傍晚时分，伊感到饥饿，想去买袋方便面来充饥。刚拐进胡同，看到店主人站在门口，正往竹竿上挂一串鞭炮，脚旁的花盆里插着三炷香。伊停住脚步，站一边静候。

店主将挂好鞭炮的竹竿斜倚在墙上，自己进了屋，搀扶着一位步履蹒跚的婆婆出来，估计是他的母亲吧。婆婆颤巍巍过来，手扶墙壁倚靠门框上，店主人独自拐上前，掏出打火机，伸手把鞭炮点着。

"噼噼啪啪"的声音连续不断响起，胡同里弥漫起浓浓的烟雾，透过烟雾，伊看到婆婆眼眶里泛着泪光，嘴唇抖索像在呢喃着什么。

待鞭炮声停息，两人踅回屋内，伊才上前去。婆婆进了里屋，店铺里只有汉子一人坐在条凳上，绷着腮帮子像在生闷气。

伊从口袋里掏出五块钱：“叔，买包方便面。”

汉子像没听见，伊又说了遍，他才迟疑着站起身。

汉子把找余的零钱和方便面递给伊时，红着眼问了句：“知道今天是什么日子吗？”

伊摇了摇头，印象中今天好像没什么特别的。

汉子摇了摇头，喑哑道：“今天是抗战胜利的日子，我爷爷奶奶就是被日本鬼子炸死的。”

伊回宿舍看了墙上的挂历，挂历上标明是九月三日，却没作其他说明，看来这日子已被现在许多人忽略了。可是，经历过那场苦难的老百姓不会忘记。伊想起村口的樟树干中的金属弹片，想来，大樟树也不会忘记，如果草木有知。

父亲跟弟弟寻访到了“铭雅居”。一见面，父亲张嘴就埋怨：“以前的酒店怎么关门了？也不告诉我一声？好在司机晓得这么个地方，还怕找不到你哩！”

弟弟比伊高了一个头，大概长大懂事了，弟弟少了言语，只上前腼腆地喊了声“姐姐”，伊听了心里甜滋滋的。

茶楼还没正式开张，伊跟老板娘请了会儿假，陪同家人到城里逛了逛。

大桥商场的鞋柜前，伊为弟弟挑选了双运动鞋，白色的运动鞋穿在弟弟脚上，显得很潇洒，只是价格稍微有点贵。

“干吗这么贵？不就一双鞋吗？”弟弟试鞋时，父亲在旁心疼地说。

“时下流行这个。”伊回了声。

去火车站路上，伊从内衣口袋掏出平素节余下来的钱，硬塞给弟弟。弟弟撇开身子，不肯伸出手来接。伊嗔道：“拿着，谁叫我是你姐姐呢！”弟弟这才红着脸接过手。

临到检票处，弟弟拉住伊的手，说了声：“姐，我走了，你自己多多注意啊。”说这话时，弟弟的眼眶有点红，长这么大，这还是弟弟第一次表露真情。

伊拍拍弟弟的肩膀，笑着宽慰道：“好好读书，家里不用你操心。”

送走了弟弟，父亲也要回去了。伊在火车站脚下拦了辆三轮车。

三轮车上，伊关切地问：“爹，弟弟的花费还够吗？”

父亲听得此言，感慨万分：“多亏王老先生帮忙啊！娟娟，以后有机会一定要报答人家的！”父亲没说其中详情。

“王涛这小子参军去了，去前还上我家来问起你，他来找过没有？”父亲话音刚落，拿手扶住腰，大咳了一阵子。

“没有。爹！你腰怎么啦？”伊明白王涛即使来找过也找不到，伊此刻心疼父亲的样子。

“没什么，没什么，老是这样。”父亲直起腰，故作轻松地说。

“爹，后来水根叔的事咋样了？”

“离了。”父亲简短地回答了两个字。

在“铭雅居”，伊度过了一段平静的日子。

转眼间，暮秋季节来到了，街道两旁的大叶榕抖落下一树枯叶随风翻飞。伊清晨去上班，总看到穿黄色制服的大妈挥动着大扫帚，从街道这边一点一点地扫过去，扫过后的路面恢复了清爽，没多久又会有不知趣的枯叶飘下来，间或地飘落一片，到黄昏时街道上又成了原样，如同周而复始的生活。

伊习惯于早起，早早地去茶楼搞卫生。上午九点过后，有零散的客人进来喝早茶、吃点心，生意非常清淡。相对而言，晚上生意尚可：有情侣模样成对儿来约会的，有谈生意的，也有三五成群喝茶解酒的……但少有潜心品茗的茶客，伊所学的茶艺失去了用武之地。

“我就说嘛，现在的人哪有这么多讲究！”秋艳笑侃。秋艳跟其他服务员一样，着身浅绿的旗袍。

每到周末，总有一个蓄着长发、脸色苍白的高个子男子来喝茶，时间一般在中午十二点左右，而且坐的位置也一成不变，在二楼的“清寂居”。伊去斟水，他的眼睛总看着窗外某个特定的地方，对自己的到来视而不见。茶楼的人只知道他是位画师，其他方面一概不知。伊对这人感到好奇，他喝茶很有规律，泡好的龙井只喝三道，每次来大概坐那么三十分钟就走了，走时照例把钱往案几上一放，仰面朝前出门去，大有番目中无人的气势。

有一回，伊刚沏好一杯茶，画师转过脸，无意中抬了下头，眼神中闪过一丝不易察觉的光亮，喉咙里轻轻“哦”了声，像是表示诧异。

伊离开时，他说话了：“喂，你等等。”

他的声音不大，却有股不容忽视的力量，伊停住脚步：“先生，有事吗？”

“你坐下。”他伸出右手做了个“请”的动作，姿势十分优雅。

画师眯缝起双眼，像鉴赏艺术品一样在伊的身上四处游弋。伊还从未接触过如此放肆的目光，隔着案桌，仍能感觉他的眼光像把无形的剪刀一样将自己剪得体无完肤。良久，好像鉴定有了结果，画师收回目光，直言不讳地问：“愿意做模特吗？”

伊听这话后涨红了脸，连忙摇了摇头。

画师用不置可否的口气说：“每星期一次，每次三百块，我可以先付三个月的工资。”

伊摇摇头，画师叹口气：“没事了，你走吧。”

伊下楼梯时，脑子里乱糟糟的。

画师依然准时来喝茶，不过再没提起过这码子事，也没再多看伊一眼，像完全遗忘了说过的话。如此一来，伊心里也踏实许多。

这个季节，伊接到家中一个电话，伊听得清楚，母亲在那头压抑了自己的抽泣声。接了电话后，伊茫然不知所措，觉得肩头像压了副沉重的担子，此后的日子里一直闷闷不乐。

周末，外面下起了蒙蒙细雨，伊给画师泡好茶后没有立即走开。

“有事吗？”画师嗑了口茶后，觉察到伊的存在，随口问。

伊磨蹭了一会儿，总算鼓起勇气：“你还需要模特吗？”伊问话时头低得很低，声音轻得像蚊子叫一样，一颗心儿“扑扑”乱跳着。

等了会儿，伊没听到画师的回答，又低声为自己辩解道：“家里来了电话，父亲病得很重。”

“那好吧，明天下午这个时候，你到浣纱路上的浣纱画室来。”稍停，画师开了口。

“谢谢。”伊觉得有丝辛酸，不愿再多待，端起托盘下了楼。

伊向老板娘请了假，伊有两个多月没休息了，所以老板娘答应得很爽快。

伊回宿舍换了身干净的衣服，看看时间还早，就把换下来的衣服洗了。这段日子一直是阴雨天，伊将衣服晾在廊埠上，然后打着把油纸伞出了胡同，东看西瞧，总算找着了浣纱画室。画室离茶楼不远，穿过暨阳桥，往南步行十来分钟的时间就到，难怪画师每次总是步行而来。

这是一处闹市中的宁静小院，围墙斑驳，院中的青石板上结满青苔。伊进去时，屋檐漏水细密有序地滴落着，敲打地面的声音清晰可辨。花坛中，几丛秋菊争芳吐艳，还有几束海棠，给小院平添了灵动的生机。此刻，一个身材短小、形容猥琐的老人从院中慢悠悠地踱出来，也没打伞，与伊擦肩而过。

画师背对着画室的门，伊认出了那头长发，伸手轻轻敲了下门框。

“进来吧！”画师头也不回，手拿画笔涂抹着什么。

伊把雨伞放在门边，轻步走了进去。屋里弥漫着浓浓的香味，伊进院子的时候就闻到了，可能是老宅内较多蚊子的侵扰吧？伊看到画上面是一圃黄色的菊花，花瓣凌乱，像刚被暴风雨洗礼过。伊刚这样想，画师拿毛笔蘸了墨水在留白处勾勒了几笔，于是画上面出现了阴郁的天空。

“这就是命运，知道吗？是命运就要接受暴风雨的洗礼。”画师喃喃自语。他搁下画笔后转过身，像才发现有伊这么个人。“你来了，很好，很好。”画师说了两个“很好”，颔首示意伊坐到椅子上，然后又用他专业的眼光打量着伊："在你身上我看到了自然造化的完美结果。车尔尼雪夫斯基说过，美只存在于大自然中，而不是靠我们的想象力把美注入大自然中。"

伊浅笑着摇摇头，表示听不懂。

"这么说吧，美，是自然奋力以求的一个重要结果。譬如蜜蜂毫无几何倾向的意识性，植物生命毫无对称倾向的意识性，毫不妨碍蜂房的正六角形的建筑和植物叶片的对称性一样。"画师认真地作着解释。

伊对他的话一知半解，不过听懂了最后一句。"对呀，树叶的叶片确实是两半对称的。"这个发现伊很早就有了。

"这就是了，所以我说你是美的。自然和生活产生美，但不讲究美，只有艺术家的眼光才能发现。"

伊想，我和树叶又有什么关系呢？却不好意思说出来。

画师示意伊坐到窗户边，让伊双手交叉搭在膝盖上，目光平视前方。

"好，就这个姿势，保持住。"画师摆正画架，将刚才的画纸抽下，开始用铅笔勾勒起伊的脸部线条来。

伊一动不动看着前方。墙壁上挂着三幅油画，一幅画的是水乡的石拱桥，石质鲜明，似被打磨过一般，小河中停泊一条乌篷船，一顶旧毡帽搁在船舷上，船夫不知上哪里去了；一幅田野风景图，金黄色的稻穗与瓦蓝瓦蓝的天空，洋溢着热烈与成熟的气息；还有张裸体的少女像，画上面的少女低垂着忧郁的眼睛……咦？这个少女与自己相像？伊有点惶惑，感觉就像自己脱光了衣服一样。盯了会儿，发觉脸部的许多不同之处，还有裸露的身子也完全不是那么回事，心中稍感释然。扪心自问，这幅人体画确实很美，那神情、肤色都活灵活现，眼睛忧郁，却掩饰不住扑面而来的青春气息，是具极具生命力的胴体。伊想，要是把自己画出来不知会是什么样？伊心里并不表示反对，所担心的是如果自己的裸体像也挂在墙上，让别人看到了会是件多么难堪的事……伊外表一动不动，脑袋瓜子里飞快地转着莫名其妙的念头。

画笔"唰唰"的移动声和窗外的雨滴声交织在一起，仿佛是时间流逝的声音。透过窗户的一抹亮光让伊的脸庞泛出迷离的光晕。伊长时间保持着同一个姿势，渐渐地，眼前的一切变得晃动起来，一会儿清晰一会儿模糊。

不知过了多久，画师终于嘘出一口气，"叭"一声摔了画笔。伊整个人一下子放松下来，感觉脖子都僵直了。

"今天到此为止。"画师闭目朝天，懒散地仰靠在椅背上，似乎不愿再多看周围的东西一眼。

伊站起身，拿手在双肩上轻轻捶打几下，走出了房间。伊沿着围廊闲逛了两圈，待身体恢复原状后，想去跟画师打个招呼，却发现他喘着粗重的鼾声，已经靠在椅背上睡着了。伊没再打扰，拿起自己的雨伞退出了小院。

雨停了，走在清爽的街道上，呼吸着清爽的空气，伊心头的压抑溜得无影无踪。经过艮塔公园时，伊想起画师的话："美，是自然奋力以求的一个重要结果。譬如蜜蜂毫无几何倾向的意识性，植物生命毫无对称倾向的意识性，毫不妨碍蜂房的正六角形的建筑和植物叶片的对称性一样。""咦？他怎么对蜂房的结构和树叶的对称观察得这么清楚？我跟蜂房和树叶真的有关系？"想到这儿，伊哑然失笑起来，引得一个路人满脸疑惑地睇过来一眼。

胡同里，店主正在给盆景浇水。伊看到一株瘦骨嶙峋的红梅初露花苞，对这株红梅而言，现在像是到了一个人的少年时代吧；还有一株冬青树，针叶浓绿，树冠如伞盖……这中间，伊认出了杜鹃，虽然枝条光秃秃的，但仍能判断准确。看着矮小的盆景，伊想起了自家的白玉兰，鼻子里似乎闻到一股沁人的馨香。红杜鹃，也是伊中意的花朵，藏绿山上的杜鹃不是低矮的灌木，日精月华的滋养让其演变成了乔木。三月来，杜鹃花开遍山野，满山的殷红点缀过伊的童年……

17

“清寂居”里，画师从口袋摸出一个信封，递给伊：“这是一千块钱，是预付给你的工资。”

伊没有伸手去拿：“不知道明天老板娘会不会准假，要是不准我就不能来了。”

“这个你放心，我会去说的，拿着吧。”画师将信封塞给伊。“和你在一起让我感到很愉快，”画师认真地看着伊，“笛卡儿说过，凡是能使最多数人感到愉快的东西就可以说是最美的，所谓美和愉快指的是我们的判断和对象之间的一种关系。伟大的康德曾经指出，自然如果看起来像艺术时才显得美，而艺术如果我们意识到它是艺术、看起来又像自然时才是美的。”

画师将头朝向窗外：“我常常在观察，有一次，从那边走过来一个牵着小狗的妇人，走到一棵树底下，妇人轻声吆喝了什么，那狗仰起头来吐着舌头，这一幕，当时深深打动了我。美，其实是一种和谐。”

伊轻声对陷入沉思的画师说道：“对不起，我得去照顾其他客人了。”

这话让画师清醒过来：“对对对，我忘了这事，你去忙吧！”

伊转过身，拎着水壶下了楼梯。

伊思前想后，觉得还是把实情告知老板娘，如果不允许，明天就不去了，可是父亲的病怎么办呢？总得有钱来医治呀！伊很为难。

没想下班时，老板娘从吧台探出头来，笑吟吟地对伊说："你明天有事就不用来上班了。"

伊肯定是画师去说过什么话了，但究竟说了什么能让老板娘这么痛快地答应？伊不清楚。

"我明天晚上会来的。"伊对老板娘说。

"随你便，你要来就来，不来也没关系，这里应付得过来。"老板娘挥挥手，口气十分慷慨。

第二天天气晴朗，伊过去后，画师从画室里搬出把陈旧的太师椅，端时显得很费力，想必分量不轻。他把椅子搬到花坛边，让伊坐下，观察一番后，又将椅子换了个方位。

画师身着绛红色的毛衣，手托下巴，站在画室门口安静地端详着，忽然眉头一皱，不耐烦地朝伊挥挥手："今天不画了，今天不画了。"

伊不知怎么回事，迟疑地站起身。这时，伊看到画师上前几步扭开院中一个水龙头，俯身下去"咕嘟咕嘟"大口喝起来，喝完后一抹嘴。"来，把椅子搬进来。"画师指挥伊将太师椅搬进画室，自己披上一件花格子的夹克衫，说道："先去买衣服。"

两人走出院子，里弄内停着辆吉普车，是画师的座驾。

汽车穿过暨阳桥，沿滨江路往南而去。画师将车开得飞快，情绪渐渐高涨，居然唱了起来："我爱你森林无边，我爱你群山巍峨，我爱你家乡的甜蔗，好像乳汁滋润着——"唱到这里，嗓门拉不上去了，不禁自嘲道："不行了不行了，人老了唱不上去了。"

伊瞟了一眼，说实话，到现在伊还不能判断出他的年龄。画师的头发很长，嘴唇上蓄了浓密的胡子，下巴刮得挺光滑。单看光洁的脸庞想必年龄不大，三十多岁的样子吧？伊猜想道。奇怪的是他好像是单身，画室里从没碰到过其他什么人，也没见他和朋友一起喝茶，还有他说的一套……伊想到身边坐着这么个怪人，不禁感到好笑。

车速慢下来，往左一拐停在路边。下车后，画师领伊走进一家"江南布衣"。

套在塑料模特上的青花布衣褂，款式大同小异，只是上面的图案各个不同。画师径直到店主跟前，打了声招呼："做套服装。"说着朝伊招招手，让伊近前去。

店主是个仪态端庄的少妇，身材丰腴。听这话后脸上带笑走出柜台，拿根卷尺给伊全身上下量了量，然后在纸笺上记下尺寸，对画师道："款式自己挑，一共二百三十元。"

"款式跟这一样就好了，"画师手指一具模特，"哦，再加块头巾。"

“头巾有现成的，到时候拿衣服时一块来拿好了。”

“白送的么？”画师笑问。

“你说送那就送呗，以后多照顾一下我们的生意就成。”老板娘倒也直爽，说道，“三天后来拿吧。”老板娘拿起圆珠笔开了张收据。

画师付了钱，对伊说：“回去吧。”

“没事的话我还想回去上班。”伊坐进车子后说。

“我替你请了假的。”画师强调了一句，没有立即启动车子，“想去哪儿玩？说个地方我带你去。”见伊没吱声，画师作状想了想，说道：“带你去个地方吧。”

伊心想，反正已经出来了，再说他是付了钱的，只能随他愿了：“好吧！”

画师掉转车头，拐过几条街道后，车停路边。下来时，伊发现站在“森林狼”的酒吧门口。“难道他要带去喝酒？”伊刚转过这个念头，画师招呼道：“走，去里面坐坐。”

到这份上，不进去是不行了，伊只好踏上铺着红地毯的房间。

酒吧里放着轻柔的音乐，灯光迷离，两人坐到角落的沙发上。画师问喝点什么酒，伊说饮料吧。画师笑了，说哪有到酒吧来喝饮料的？于是不再多问，让服务员端来瓶红酒，倒了两杯。

伊看看四周，见沙发上坐着一对对情侣模样的男女，都在窃窃私语。灯光稍亮处是弧形吧台，里面坐着四五个跟自己差不多年龄的女孩，面庞娇媚，光鲜的袖口处裸露出白皙的手臂。有三个男士坐在吧台边，各与女孩对酌。伊想："难道她们上班就是这样子聊聊天？"

画师似猜到伊的心思："你以为她们上班那么空闲？就和客人聊聊天？"

"我看就是嘛，她们又没干别的活。"伊答。

"哈哈！傻丫头！她们是靠这个挣钱的，客人每喝一瓶酒她们都有提成的！"画师用手拍拍伊的肩膀，对伊的无知表示出极大的兴趣。

伊有点意外，原来还有这么一门挣钱的行当："难道她们不怕被灌醉？"

"能干这活的可都是海量，我跟她们聊过，怀疑她们是不是事先吃了解酒药的。"画师拿起酒杯朝伊扬了扬，伊端起来抿了口，味道有点甜。

"知道吗？我也不是这边的人。"画师说道。

"你不是本地人？"

画师像被触到了什么伤心处，端起酒杯一口把酒喝了个精光，伊见状，拿起酒瓶给他斟了点。

“看看四周——”画师双眼紧盯面前的酒杯，作出沉思状。

伊扭头往大厅里巡视了一圈，不解地问：“怎么啦？”

“看看四周，”画师目不旁视，“各行各业都在作秀。作秀知道吗？”

伊摇摇头，还是第一次听说这名词。

“就是吹肥皂泡，五颜六色的，煞是好看。不说别的，现在但凡艺术上有了点成就的，不是想继续固守寂寞、提高自己的技艺，而是忙于争名夺利。周围都是这么些人，你说，在这里我和谁去谈论艺术？”

伊总算明白过来。画师抬头看着伊，认认真真地说道：“搞艺术来不得半点虚假，收获跟付出是成正比的。我空时也翻翻书，发现有些作家，发表第一部作品时，如老母鸡拉下第一泡屎，必是分量充足、热气腾腾，引来众人一片赞誉，老母鸡也得意扬扬，左顾右盼。而拉第二泡屎就不行了，等到拉第三泡，那是稀里哗啦，完全不成样子了。”

伊憋不住笑，偷偷拿手捂着嘴。

“知道是什么原因吗？”

伊摇摇头。画师高谈阔论的当儿，伊多是充当听众的角色，而画师也似乎乐于有这样一个倾诉的对象。

“急功近利呀！”画师浩叹一声。

“我们中国人就是聪明！”画师没理会伊，顾自揶揄一笑：

“我认识个上海画家，当年出国时分文未名。平心而论，后来绘画上确实取得了一定造诣，但远未达到大师级水平。外国人讲的是市场经济，好作品要通过市场鉴定才能确立作者位置。你晓得后来那位画家怎么着？”

画师嗑口酒，满脸轻松：“那位画家自己掏钱，请朋友做托，在艺术品市场把自己的画作拍了个高价。虽付了点佣金，但媒体一报道，引起海内外轰动，真正是名利双收。所以我说嘛！咱中国人就是聪明！”

画师微微一笑，端起了酒杯，伊见状，也端起酒杯，碰一下后一口将酒灌了下去，酒精对伊似乎没起什么作用。

画师把杯一放，站起身，竖起食指朝伊神秘兮兮地晃了晃：“让你听听命运的声音。”说着，大踏步向厅中走去，伊不知他想要干什么。

画师走到钢琴边，朝吧台作了个“T”的手势，轻柔的音乐停止后，画师一屁股坐下去弹起来。他双眼紧闭，随着手指力度不时抖动一头长发，一阵激越的琴声开始向四周扩展，击打着每个人的心扉……渐渐地，琴声幻化成一股澎湃的力量，似乎在与命运作着殊死的抗争，让人心潮起伏……伊看到画师像醉酒一样，身子东摇西晃、前俯后仰。伊第一次领教到音乐的魅力如此巨大，一颗心随着乐曲的节奏而激动着，浑身似被唤起了无穷的力量。

一曲终了，酒吧里响起一阵掌声，画师站起来，朝四周礼貌地欠了欠身子。

“弹得真好！”伊由衷地说。

“谢谢！这是贝多芬的命运交响曲，你听得出来？”回来时，画师气喘吁吁。

“嗯！很能激动人的。”伊肯定地回答。

“是激励。”画师矫正道，“艺术是相通的，绘画、音乐、舞蹈、文学等，高明的艺术能唤醒人们的心灵，给人以启迪与无穷的力量。唉——我虽能模仿任何一位名家的笔触，但真品的意蕴，却永远也模仿不出来。”

画师有点激动，他手指哆嗦地拔出瓶塞，自斟自饮了一杯酒，而后朝伊一扬杯底，伊只好跟着嗑了口。

不知是听了琴声后的激动还是酒精终于起了作用，伊这会儿浑身发热，脸上泛起淡淡的红晕。这时，酒吧里响起一首经典的萨克斯曲，幽幽的曲调把人的魂魄勾在半空中荡啊荡。

伊双手捧着脸颊，半伏身子看着面前的酒杯，杯中的一抹殷红变得分外可爱，那血样的透明让伊沉溺其间……感觉有只手搂住了自己的腰，伊没想挣脱，也没力气去挣脱。此刻，伊的心氤氲在美妙的氛围中，几乎忘却了自身的存在。朦胧灯光下，伊被腰间的手轻轻一拉，便整个人伏在画师身上，直到双唇被毛茸茸的嘴堵上，伊才猛然醒悟，急忙挣脱开坐直身子。

那手还要过来时，伊急急地说："不行不行，这里这么多人。"

画师稍微呆了呆，只把手伸过来轻轻搂住伊的腰，伊这会儿没再反对。画师低语道："你的样子很像我的同学，从第一眼看到你时我就喜欢你了，你的美有着一股自然的味道，不像其他女孩子。"

伊低头回答道："你错了，我不是你的同学，我是我。"伊拿起酒瓶，将最后一丁点儿红酒倒进他面前的酒杯："喝，喝了后我们回去吧。"

画师听话地端起酒杯来一饮而尽，然后牵了伊的手向门外走去。

走出大门，眼前一亮，伊整个人顿时清醒许多，连忙挣开画师的手。

两人坐进车子后，画师恳求道："一起吃晚饭好吗？"

"不，我想回去了。"

"好吧！"画师见没商量的余地，只好启动了车子。

画师将车停在胡同口，伊临下车时，画师意犹未尽："不请我进去坐坐？"

"我那里很乱的。"

"还有比我画室更乱的地方吗？"

"以后吧，以后好吗？"伊不知该如何拒绝，心里有点乱。

画师双眼贼亮地盯着伊，总算没有再坚持："有空我来找你。"

"好的。"伊下了车，快步朝自己的宿舍走去，不想再回头。

伊进屋后一看床前的闹钟，发现刚过四点，离晚饭的时间还早着呢。于是就着桌子上的小镜子，整理下自己的头发。伊走到床边，从枕头底下摸出个小布兜来，布兜里装着一千元钱。

伊关了房门，向附近邮局走去。路上，伊想着父亲的病到底怎样了。伊清楚，对家里人而言，现在最重要的是钱，有钱就能尽快医好父亲的病，家里现在唯一赚钱的就是自个了。这样想，伊觉得肩上的担子更沉了，脸上完全是副心事重重的模样。

邮局在滨江中路上，伊向里面的阿姨要了两张汇款单，在其中的一张填好金额和汇款地址后，又在留言处写了行字：爸的病要及时医治。而后，伊从口袋里摸出纸条，照着弟弟的地址，在汇款单上填好，伊将一千元钱分两半寄了出去。

办完这一切，伊心里像放下了一块石头，出邮局时心情开朗许多。伊想，父亲本来就懂医的，只要医得及时，肯定马上能见好，或许，今年春节时就能康复了。

伊这样想，脚步轻快许多。街道上的车流和人群有条不紊地移动着，大叶榕残留的枝叶在头顶上轻轻招摇，如此安逸。苎萝山上，夕阳把晚霞染成一片艳红，这瑰丽的晚霞俯瞰着山河，伊知道，知道这晚霞也在照耀着自己的家乡，照耀着自家的小瓦房。

18

燕子北归，廊埠里没有了“叽叽喳喳”的喧叫声，宿舍里安静许多。这季节，政府又出台了系列新规，如禁止机动车在市区鸣笛，于是，整个暨阳城也安静许多。胡同里的鹦鹉，依然不知天高地厚，见面就跟伊打招呼“你好！”“你好！”

伊给画师斟茶时，问了问老板娘对自己外出的态度，伊不想惹麻烦。画师心不在焉地说：“放心，我付了钱的。”

听画师这么说，伊心里很是过意不去，这可是未曾料想到的，怪不得老板娘这么慷慨。

“我明天过来。”伊说。

第二天，听从画师吩咐，伊把披肩发搓成了麻花辫，像当初一样。刚到小城时，秀姐说自己的打扮土里土气的，难道把辫子解散就不土了？伊当时不明白，后来看看其他小姐妹都没留辫子，自己也只好随波逐流了。

迈进画室，伊看到画案上放着上次定做的服装，画师笑着点点头："来了？过来看看我给你画得怎么样。"说着朝墙上努了努嘴。

伊看到自己肖像挂在墙上，有点儿不好意思："挺像的！"

"哦，你说像那肯定像了，别人这么说我还不相信。"画师指指画案，"衣服我拿来了，你换上吧！"

伊拿起衣服，抬眼四处张望，问道："在哪儿换？"

"就在这里啊！"画师像想到了什么，哈哈大笑道，"哈哈！这有什么害羞的！我读书时就看过女人裸体了，而且是全班人一起看的。"

伊臊红了脸，手拿衣服站原地不动，画师见状，只好别转身子，眼睛死盯住墙壁："我不看，你可以放心换了！"

伊退回几步掩上房门，躲在门角里，快速换上青花布的短褂和裙子。做完这一切，画师仍一动不动定睛盯着墙壁，伊说道："好了。"

"哦！"画师转过身子，观察一番后，走过来将一块头巾罩在伊头发上，又往脖子下挽了只蝴蝶结。

画师扳过伊的肩头，侧头打量："嗯，差不多。"

画师将厚重的太师椅端到院中花坛边，让伊坐下，自己退后几步细细打量，又过来稍微调整了下伊的坐姿。

"好，就这样。"画师摆摆手，意思是别动。

画师把画架摆在廊檐下，手拿画笔全神贯注勾勒起来……

一段时间过后，画师忽然恼怒地揭下画纸，一把撕得粉碎，往地上狠狠一丢，然后像什么也没发生一样，重新平心静气地开始勾勒。伊像个木头人似的看着这一切，身子纹丝不动。

院子的围墙挡住了风的脚步，但还是让人感到寒冷。伊身穿单衣，不时屏住气，好让全身不至于颤抖。在城里，几乎听不到风刮过的声音，不像家乡，飓风起时，会与屋檐和树木合奏出“呜呜”的笛音。伊坚持着，时间稍长，两片嘴唇冻得发紫，但画师浑然不顾，专心致志地画个不停。他沉浸在创作氛围中，根本没理会伊的表情。

时间过得十分漫长，伊头脑中回响起捡破烂老人说过的话：“这脸皮常年露在外面，为啥就不受冻哩？”可自己并没有练就老人的铜皮铁骨呀！

终于，画师站起身，一脚将椅子踢在一边，宣告完成。伊起身时，双脚完全麻木了，还没站直身子，腿一崴跌坐到椅子上。

“怎么了？啊？”画师关切地询问，跑过来扶起伊的身子。

“没什么，坐久了腿有点麻。”伊答道。

“哦！快进屋去！”

画师搀扶着伊进了画室，让伊坐在床沿边，拿被子将伊整个人包裹起来。“你先坐会儿，暖和一下。”画师开始在屋里东寻西找，大概想弄点开水，却什么也没找到，就有点不好意思地挠挠自己的头皮。伊发现画室里连个热水瓶都没有，难道他平时连开水都不喝？伊想起上次他在廊檐下喝冷水的情景，不由“扑哧”笑出声来。

“嗯？笑什么笑？”画师奇怪地睇过一眼。

“你平时不喝茶的？”

“谁说我不喝茶的？谁说的？”

“怎么没看见热水瓶呀？”

画师过来坐在伊身边，认真地说：“我喝的，你没见院子里有水龙头吗？我渴了就去灌几口，”画师说话的声音高了起来，“我从小锻炼出来的，胃特别好，喝冷水从来不闹肚子的！”

这番解释让伊觉得不可思议，本想问他怎么每星期还要来茶楼？但话到嘴边又咽了下去。画师自言自语道：“我来茶楼喝茶是为了调整一下。”

伊听不懂调整一下是什么意思，看他说这话时严肃的神气，忍不住又笑了起来。

伊离去时，画师说准备把几幅画润色一下，要去参加一个什么展览会，可能要过一段时间再见面了。“回来我会来找你的。”画师最后说。

茶楼的生意没如预想中那般红火，老板娘动起了脑筋，叫来几个木匠，将二楼靠里的几间茶座隔起来，开设了棋牌室。

这一招颇为奏效，午后跟晚上，茶楼的客人凭空多了许多。

对服务员来说，这不是什么好事情，玩牌的人常弄到深更半夜，除了斟茶送水，还得给客人弄夜宵，工作时间延长了不少，常常累得人困马乏，工资却没见长。有姐妹怨声载道，跟老板娘提出要加工资，老板娘口气十分委婉，说只要好好干下去，年底自不会亏待的。姐妹们没法，仍老老实实地干着自己的份内活。

秋艳是茶楼里唯一不用上夜班的服务员。伊后来知道，当初杏花村酒家倒闭后，达夫哥曾替秋艳另觅了份工作，去老城区的晶都大酒店当大堂经理。可秋艳提了个额外的条件，带伊一块儿过去。达夫哥没答应，秋艳就没去，原因是当初对秀姐的承诺，秋艳答应过，要照顾好娟娟的。

达夫哥没事也来茶楼坐坐，基本是白天过来。老板娘知道他来头，有时会过去聊会天，秋艳当然会放下手头的工作去作陪。达夫哥从不单身过来喝茶。

打牌的人很难伺候，伊去斟水时，他们总爱说些不干不净的话。有回，有个顾客狠狠掐了伊的大腿一把，伊当场疼出了眼泪，那人却笑眯眯地拿了张百元大钞往伊的口袋里一塞："拿去，等会儿爷赢了再赏你！"

众人起了哄："对呀！等会谁赢得多这妞就交给谁了！"

"大律师今天手气好，看来这小妞非他莫属。"

以前在杏花村酒家，这位陈大律师就欺负过自己，伊气得一巴掌打开他的手，抽噎着跑出了棋牌室，但过会儿擦干泪痕后还得回去为他们斟水。

当时，伊有点恨这些顾客，也恨开设这棋牌室的老板娘，但过后想想，他们总归是顾客，自己工资里也有他们施舍的一分子。如此一想，气也消了，心也平了，仍得以一副若无其事的样子去忙活。

19

茶楼来了位西装笔挺的客人，面色沉郁，落座后嘴里“叽叽歪歪”不知说些什么。一会儿，服侍他的秋艳急匆匆跑下楼梯，拉着伊的衣袖，说道：“你去你去。”

“什么事？”吧台里的老板娘转过头来问。

“清寂居里来了个日本佬，很难伺候的，我让娟娟去照看下。”秋艳答。

“哦！日本人很讲究茶道的，娟娟，你过去吧！”老板娘吩咐道。

伊没吱声，端起一套茶具上了楼。

清寂居里，伊正襟危坐，向客人稍稍欠身，然后将罐中上好的西湖龙井用茶匙轻轻拨出一些，双手捧着茶荷让客人赏闻一番。客人点点头，伊便将茶叶拨入玻璃杯，冲入四分之一开水，双手端着茶杯回转三圈，再让客人闻一下，这称之为“闻香”。而后，用秋艳笑谑的“凤凰三点头”手法，冲泡好一杯茶，双手敬奉给客人……日本人非常有礼貌，茶事完毕后，向伊行了个九十度的鞠躬礼。待走下楼梯，付过茶钱，又向吧台里的胖妞鞠了个躬，嘴里“叽叽歪歪”嘟哝着什么，惹得胖妞合不拢嘴，只顾一个劲儿地傻笑。

事后，伊听老板娘说，这位日本人来头不小，乃本市一家合资企业总经理。这称得上是伊在“铭雅居”难得的一次茶艺表演。

伊忙完活后，刚到楼梯口，见下面昂昂然站着一个人，定睛一看，原来是画师，两人已有近两个月没碰面了。

伊下楼梯时，画师兴奋地上前来说：“跟我走吧！下午不用上班了。”

“没见我正忙着吗？过几天吧，等我请好假。”伊一下绯红了脸，小声回答。

画师见伊没答应，转头对着老板娘喊道：“老板娘！我替小娟请个假！”

“去吧！”老板娘客气地挥挥手。

“你放手，让我把水壶放下。”画师说话这样直白，让伊感到难为情。

“对对！你先把水壶去放下。”画师应道。

伊放下水壶，跟画师一起出了门。画师脸上有种压抑不住的兴奋，伊不多问，任他驾车飞驰而去。

车到小院，伊随着他走进久违的画室。里面的摆设和以前没什么两样，仍然凌乱不堪，只是画案上多了只金灿灿的奖杯。这时，画师从身后轻轻搂住伊，耳语道：“这奖杯是属于你的！”

“你说什么？”伊挣脱开画师的搂抱，上前去拿起奖杯，“啊！一等奖！你这段时间干什么去了？”

“就是给你画的那张画呀！今年在省城举办的美展上得了奖。”

“我的那张画？在院子里画的那张？”

“是的，我画了一个月时间，才算完成了这幅作品。可以说，这是我近年来最满意的。”

“我还没仔细看过呢？”

“你没看过？”画师走到墙边，撕开一个画框上的包装纸，露出画的真容。

伊看到一个古典的少女坐在太师椅上，神态自若地注视前方。旁边，花坛里一株盘根错节的枝干，伊认得是杜鹃。伊疑惑这杜鹃怎么这么眼熟，像是胡同里盆栽的那株。画的右上角题两个楷书：秋日。

画师站在身后："这奖属于你的，知道吗？是你带来的灵感。"

伊轻声道："不！这奖应该属于你，你付出了那么多年的努力。"

听了这话，画师怔了怔，突然上前一步搂住伊，激动地吻起伊雪白的脖颈来，边吻边闭着眼睛喃喃道："你是我的维纳斯、我的缪斯，是上天安排来……"

伊听不清他在胡言些什么，但内心还是被画师流露的真情感动。伊知道，他等这一天的到来不易，而自己呢？自己不过是一个俗人，没什么信念和理想，只求生活得好一点，只求家人能够平安，就已足够，此外还奢求什么？感情？不！对感情自己已不敢再去触碰，也不会再有属于自己的那份东西，它已死了，死了……画师疯狂地吻着伊，吻着伊的脖颈，吻着伊的脸颊。忽然，画师感觉有清凉的东西沾在脸上，睁眼一看，是伊流下的泪水。这一下，画师不知该怎么办才好，忙伸手去拭干："惹你生气了？"

伊退开身子："不是你的缘故，是我心情不好。"伊抬起手背擦拭一下眼角，又轻声说了句："对不起。"

画师冷静下来，弯腰从旅行包里掏出只小盒子，塞在伊手里："送给你的。"

"是什么？"

“现在不能看，回去后再看。”

“谢谢。”

“应该谢你！”画师又有点激动，捧起伊双手，“娟娟，做我的女朋友吧！我会好好待你的。”

伊注视着画师的眼睛，那双眼睛洁净明亮，十分真挚。伊道：“不，我俩不合适。”

“什么不合适？马克思说过，教授与农夫只是社会分工的不同罢了，本质上有什么区别？”

“我不懂，你不要问我这个。但是……”

“不要多说。”画师止住伊，轻轻探头过来吻去伊眼角的泪水。

“不行”，伊嘟哝着，身子却不听使唤地瘫软下去。

画师边吻边弯腰抱起伊，过去把伊放倒在床上，边吻边褪下伊的衣服。

一具光洁的胴体呈现在眼前，画师的嘴唇在伊的肌肤上四处游走，像不安分的羊儿啃咬着柔嫩的青草。伊闭了眼，任清泪从眼中慢慢滑落。在迷乱的幻觉中，伊脑海中现出一双晶亮的眼睛，那是埋葬在记忆深处的影像。伊猛然清醒，一把推开画师。“不行！不要这样！”伊口气坚决地说，边拉过被子遮住自己裸露的身体。

“怎么了？”画师一脸无辜。

“把我的衣服拿过来。”伊的口气说不出的冷淡。

画师疑惑地看了一眼，起身将衣服递过去。伊没再说话，匆忙穿上衣服后下了地，理理一头散乱的秀发后，一语不发地往屋外走。

画师跟出来，在院子中张臂拦住伊：“喂！等等！我送送你！”

“不用。”伊的目光漠视着前方，口气说不出的冷淡。

“这个带走吧，”画师将落下的盒子捡起来，塞进伊口袋，又用近乎哀求的声音问，“还会再来吗？”

“有必要吗？”伊瞟过去一眼。

“有！希望你还能来！”

“如果是为了你的创作，我会来的，让开吧！”

画师听话地让到一边，木呆呆地看着伊走出小院。

一出小院，伊的眼泪止不住地流淌下来。不知什么原因，伊感到无比心酸，感到一种无可名状的痛楚像无数虫子一样噬咬着心肺，那是一种来自心灵深处的隐痛。

伊低头向自己的住地快步走去。

宿舍里，待整个人安静下来时，伊对画师倒泛起一股淡淡的愧疚来，这种愧疚来自彼此相似的经历。画师也可怜。伊把盒子打开，见里面装着块精美的玉佩，雕着尊袒胸露腹的弥勒佛，笑哈哈的圆脸似乎在笑人间一切可笑之事。伊翻过来，背面镂刻着“一生平安”四个字，玉佩上系着根红丝带。

伊摩挲着冰冷的玉佩，脸上不禁露出一丝苦笑。伊把它挂在脖子上，玉佩和肌肤的接触让胸口感觉一阵清凉。

隔天下午，伊正提着热水瓶准备上楼，忽听柜台里的胖妞大呼小叫起来：“看看！这不是那个高个子吗？都上报纸了！”

伊好奇地挨上前，见报纸上一行红色标题：我市青年画师在全省美术展览中喜获一等奖。照片上的画师气宇轩昂地托着奖杯，目光漠视着前方，不知道此刻心里在想些什么。伊露出了会心的微笑，或许在这个世界上，只有两个人知道这幅作品的来由。

伊没来得及细看上面的文字，返身上楼去了。上楼时心里又起了个疑问：“他不是本地人啊，怎么说是我市青年画师？”伊理不清头绪。

周末，画师没来“铭雅居”喝茶。

隔天下午，伊如约前往，顺便在大桥商场买了只电热水壶和两只热水瓶。伊记得画师喝凉水的情景，另又觉得自己兼的这份工，钱来得实在太轻松，有点过意不去。

画室里，画师满脸憔悴。

“昨天怎么没来喝茶？”伊问道。

“哦？昨天？没空。”画师头也不抬，继续着手头的工作。

“今天准备画什么？”

“今天？”画师挠挠头皮，像是没想好，目光在屋里游弋开来，最后停留在墙上。伊顺着他的眼光望去，是那幅少女像，旁边的几幅已不见了踪影。画师没吭声。

“哪儿画？”伊边问，边放下手中的物什。

画师感到诧异，转过头来看了伊一眼，便飞快地把床上的物什扫荡到一边，又找出块洁白的丝绢来，平铺在床单上：“就在这儿吧！”

画师把画室的灯全部打亮，关上房门、拉上窗帘，并打开了一台陈旧的空调。

伊走到床边，动作缓慢地褪下衣服，然后侧躺在床。

画师摆好画具，过去调整了一下伊的姿势，伊顺着他的摆布。画师退回几步，细细打量，又过去调整了一下伊手臂的位置。

“好，就这样。”画师说道。伊瞥了一眼，发现他的眼睛里蕴满了感激。

画师坐在椅子上开始作画，脸色专注。伊放松下来，身上感到些许寒冷，空调还没起作用。伊想起画师的话，知道此刻在他眼中，自己只是件自然的艺术品，而他是发现这件艺术品的人，他借助于手中的画笔把自己的身体记录在作品中，美就这样产生了。伊心底稍稍理解了画师那番话的含义，但仍有些不明白，或许，自己永远也明白不了。

伊的目光注视墙壁，伊不知道墙上的少女是谁，此时，伊想到了额外的话题，一个对自己来说比较重要的话题，等会儿画完后一定要提出来，不知他会不会答应？不！不答应也得答应。

时间在画笔的“唰唰”声和空调的“吱吱”声中慢慢流逝。空调起了作用，房间里暖和如春。过了两个多小时，画师将手中画笔往案桌上一甩，说声“好了”。

伊穿好衣服，走过去看看，见纸上已勾勒出一个清晰的轮廓，特别是一双眼睛，妩媚而清澈，似乎直视着面前的一切。这种眼光，能让人抛弃任何杂念。

画师打开房门，走到院子里“咕嘟咕嘟”灌了几口冷水，回来表情轻松。

“有个问题，想对你说。”伊注视着画师。

“说吧，能做到的我都答应。”

“这幅画你不能卖给别人。”

“不卖！这画我会保存下来，我也答应你不在本地展出，行了吧？”

“说话要算数？”

“放心，上次得奖的那幅画就有人出高价想买走，我都没卖。”画师将头扭向墙壁，“你看，以前的画作都卖光了。”

“不是还有一幅吗？说不定你对画上的女孩也是这么说的？”伊头脑中闪过这个念头，但忍住了没说出口。“不过，这人还不赖。”

伊用买来的电热水壶，替画师烧了两壶开水。伊离开画室前，两只热水瓶都被灌得满满的。

20

天气寒冷，大叶榕又一次褪光了全身衣服，赤条条屹立在寒风中。浣纱江似乎舒缓了许多，这是人类心态使然，其实江水的脚步不会比夏季慢半拍。

伊每次去画室，画师都早早开了空调，并且在后面的过程中没有表现出任何亲昵的举动，这出乎伊的意料之外。伊察觉到画师内心对艺术的酷爱，这让他在创作时显得十分虔诚，似乎此刻容不得任何私心杂念。在他感染下，伊摆各种姿势时也没有一丝矫揉造作。

已到年末，这天画师搁笔后，对伊道：“我过几天要回家一趟，已经好几年没回去看看自己的父母了。”

“怎么能好几年不回去呢？”伊也想起自己的家人。

“是呀！是得回去一趟。”画师深情地看着伊，“和你在一起让我感到了生活的真实，知道吗？你让我对艺术有了重新的理解。罗丹说过‘我的人物的真实，不是浮面的，而是好像生命本身一样，是自内而外的。’摆脱了表面的真实，才能得到表现的真实。在你身上蕴含着一种东西，即使你外在的躯体不那么美也没什么关系。”

伊听不懂，但从眼神中能看出他说这番话的真心实意。

“今天能陪我一起吃晚饭么？”画师问。

“好的。”伊答应了。

傍晚时分，两人来到附近一家名叫“川味馆”的餐馆。记得很久以前的端午节，伊曾和父亲、水根叔一起在县城的“泰来饭店”里用过餐，一晃将近十年时间了，记忆中早已寻觅不到从前餐馆的位置。伊进去时，头脑中有种时空错乱的感觉。

房子是新建的，大厅正中巨大的水晶吊灯和墙角里的立式空调，提醒伊此馆已非彼馆。

临窗排着溜长方形餐桌，分别用几屏格扇作隔离，两人进去时稍有点晚，馆子里只剩下为数不多的几位食客在用餐。两人坐进了临窗的座位。

一位身穿绿旗袍的服务员过来递上菜谱。画师让点菜，伊推辞道：“还是你点吧，我无所谓的。”

于是画师点了几样小菜和两瓶青岛啤酒，在他点菜当儿，伊闻到了股呛人的辣味。

不一会儿菜上来了，其中有酸菜鱼和香辣土豆丝。这会儿，伊吃得额头流汗，龇牙咧嘴。原来此地乃正宗的川味馆，每道菜都以辣椒做佐料，端的是味如馆名，食客在得到味蕾的强烈刺激后，再不能忘却。

不知是酒的力道还是辣的作用，酒下肚后，画师红光满面，他捋捋长发，身子往椅背上一靠，直眼望着伊："你是不是觉得奇怪？"

没待伊回答，画师又道："奇怪我哪来的钱？靠什么维持生活？"

画师这一说，伊也奇怪起来，看他平时花钱大手大脚的，也没个正当职业呀！便猜测道："靠卖画的？"

画师笑了笑，说道："卖画？我一个无名小卒，谁来买我的画？不过这次得奖后，倒有人找上门来了。有名才有利，这话一点儿不错！"说到这，画师将筷子一放，双手捧着脑袋瓜，目光掠过伊头顶，茫然注视前方，停顿片刻之后，开始讲述："以前跟你说过，我不是本地人，我来这里将近七年了，七年了！知道吗？七年前我还是美院的学生，那时我深爱着一个叫晓雯的女孩，我们彼此相爱，毫无保留。雯是个冰雪聪明的人，绘画天赋极高，可总喜欢跟我的一些言论唱反调，虽然争执过后我们又会和好如初。雯最不服气我说过的一句话，唉——现在想起来，可能是这句话葬送了我们的缘分。”说到这里，画师一探手，喝光了杯中酒，自己又动手斟了个满杯。

“一句话就有这么严重么？”伊好奇地看着他。

“是的，对搞艺术的人来说，是的。”画师黯然神伤，“当时我们彼此争论，也在绘画方面互相攀比，雯是个好强的人，最不服气我说过的一句话‘从世界绘画史上看，没有哪个女人的绘画成就能超过男人、值得青史留名的！’毕业后，我留在省城一家报社当了美编，雯也回老家进了文化馆工作。我们难得见面，但彼此都在信中相互鼓励，对未来充满了向往。空余时间，我拼命画画，在美院时我的作品曾得过国家级的奖项，当时我的导师很看重，毫无保留地把自己的心得传授给我。如此过了一年，有一天我收到了雯的一封信。”

画师长吁一口气，调整了下自己的情绪：“雯在信中提出分手，说想过自己的生活。凭我的直觉，这不是理由。雯还说将来我一定会有一番成就。可是，这都不是理由啊！收到信的当晚我坐火车来到了这里，打了一晚上的电话却没人接。第二天一早我等在文化馆门口，可是一直没见到雯，后来馆里一个人告诉我，雯辞职去国外了。原来，雯的信是在出国前夕寄出的，可能，是怕我不答应，或者是怕我拖累。我知道，雯是为了实现自己的抱负，或者说，是为了反驳我当初的那句话！可，这一切都需要时间呀！这需要人用一辈子的精力去对付。你说，到那时，雯还会回来吗？即使回来了又怎么样？我们都老了。”

伊懂得了他们之间为一句话所付出的代价，但人为什么要这样去做呢？伊不明白。

画师像面对知音一样，继续讲述自己的故事：“回到报社后，我发现自己已失去了绘画的激情，根本没有心思再拿起画笔，于是辞职来到这里，希望能找回失去的感觉，毕竟，这是雯从小生活过的地方。几年来，为了生活，我给一些广告公司出墙报、搞设计，日子过得很艰苦，直到遇到一位师傅，不知你来画室时是否遇到过？”

“哦！我记得有次在院子里碰见过一位大爷，他就是你师傅吗？”伊想起了形容猥琐的老人。

“是的。如果说以前美院里的老师是我艺术上的导师，那这位就不仅仅是我艺术上的导师了！我们是在浣纱字画店认识的。我这人平时喜欢到处乱跑，虽然当时口袋里没几个钱。那家店的墙上挂满字画，说实话，对这些作品我都看不上眼。记得我好像随口问了句‘有没有好点的东西？’店老板是个女的，说‘有’，从壁柜里拿出几卷发黄的画轴来。其中一幅摊开来一看，让人大吃一惊，想不到这种地方居然有明代大画家仇英的山水画！仇英的作品我研究过，他的水墨画境界幽雅、物象自然平和，面前的这幅画落款什么的都没问题，依我的感觉，缺乏一种清雅之韵。我带着疑惑指出来，老板娘生了气，说‘你这人怎么这样的？我好心让你看看你还说人家的东西是假的！’说实话，当时我心里也没底，就算是真的我也拿不出这么多钱来。刚想告辞出去，坐在店里的老人发了话，原来他是老板娘的师傅。在其后的交谈中，我们彼此交流了一些绘画上的心得，最后老人硬是留下我吃了顿饭。老人姓刘，从小跟了师傅做古玩这门行当，也酷爱字画。刘师傅知道我的处境，问我想不想跟他做这门行当，当时我的想法是能解决眼前的衣食就行，就答应了。

“刘师傅看中我的绘画本领，专让我模仿近代名家的作品。我虽心有不甘，这多少有悖于我学画的初衷，但还有什么能比这来钱更快呢？刘师傅平生传过两个徒弟：一个是开字画店的老板娘，专工印章，任何名家的印章都能篆刻得不差丝毫；还有一个是学绘画的，后来艺成到省城自立了门户。如此算来我应该算是刘师傅的第三个徒弟了。刘师傅虽没教我绘画上的什么技艺，但从内心来讲，我一直把他当成尊敬的长辈来看待。”

画师嗑了口酒，点着了烟，在弥漫的烟雾中，继续着话题：“书画作伪的方法，是千百年来一代代的民间艺人潜心琢磨、传承下来的，其实也是门艺术。清代早期出现带有地区性特色的作假，如苏州片、扬州片、河南造、长沙造等，后来仿造的代笔书画更多。这与古代名家书画作品日益珍贵，及商品化的社会现状有关系。我师傅的本领不一般，年轻时为了将青花仿瓷弄得逼真些，将瓷器用网兜装了，驾船去沉到浅海底，十几年后瓷器四壁结满了青藻、贝壳之类，打捞上来后没人相信会是假的。师傅说新玉跟老玉之间最容易辨别，老玉身上的沁色是因为长时间与空气或泥土接触而产生的化学反应，是岁月留下的印记，新玉没有，但也有办法作假。”画师眯缝起眼睛，沉浸在一种特定的氛围中："我师傅将活羊腿割开，置入小件玉器，再用线缝好，几年后取出，玉器上就有了血色细纹，称之为羊玉。”

伊像听神话一般听着这些事，确实，没有一本教科书上会有这样的描述。伊心里明白，像刘师傅这样的民间高手，其主要目的不过是弄点钱、过个好日子，如果本身有了安逸的生活，又何必费尽心机去做这些事呢？

画师讲下去："刘师傅教我作伪的手段。他从乡下收集来几箱子古画。乡下人只知道是古画，少有懂得作者来历的，一般，一幅画花上个千儿八百的就能搞到，当然这些作者大都是无名小卒。刘师傅不计较这些，他看重的是画轴的完整。他将这些画轴上的画心小心翼翼地揭下来，像丢废纸样丢弃，然后就看我的手段了。”

画师抽了口烟，脸上兴致盎然："我仿照名家的笔触将画绘成，师姐将早就篆刻好的印章盖上，事情到此成功了一半。然后这些画得挂在密不透风的小房间里，点上十几盘的蚊香来熏，一直熏到画面泛黄为止，最后裱到揭去画心的画轴上，一幅作品就算大功告成了。注意，伪作的画轴并没造假，跟名家所处的时代完全吻合。所以如果不是内行的专家，休想辨出真伪来。"听到这儿，伊明白自己在画室里闻到的蚊香味是怎么回事了。

画师伸过手，将烟头在烟灰缸里摁灭，然后仰起身，伸展了下肩膀，长吁一口气："就这样，我，一个中国美院毕业的高才生，干起了这个偷鸡摸狗的行当。这门生意，是周瑜打黄盖——一个愿打，一个愿挨。一些自认为眼力不错的主，花上几万买上一幅去，有的是贪图小便宜，转手弄几个钱，有的是钱多了没处花，把这当作一项投资。我见过几个买主，随带所谓的专家来，结果一番细细的品察与斟酌，最后还是买了去。"画师自嘲地笑笑："对我来说，也算是劫富济贫吧！"

"条件好了后，有时间我可以专心画我自己想画的东西。晚上，这一带的酒吧、舞厅成了我常来的地方，这里的气氛能让我暂时忘却孤独。一段时期过后，我的画风完全改变了，可以说，这也是这场遭际赐予我的财富。临摹让我博采各家之长，加以融会贯通。唉——有所失必然有所得，可能，一切都是上天早就安排好的……”

画师没再说下去，但伊听出了其中含义，也触动了自己心思：“是呀，命运真的不可捉摸。”

“唉——我虽能模仿出任何一位名家的笔触，却不能模仿出真品的意蕴！”画师又一阵感慨。

第一次，画师将几年来压抑在心头的郁闷向一个旁人倾吐，倾吐完毕，心情好了许多，脸上豁然开朗起来。而伊为他的遭际感到难以言表的沉重，也感激他对自己的信任，毕竟，在小城这是第一次有一个男人不设防地向自己叙述全部经历，完全是把自己当作一个信任的人来看待。

两瓶酒很快见了底，画师示意服务员再去拿时，伊止住了他：“等会儿还要开车呢！”

随后，画师问伊想吃什么主食，伊说：“来碗三鲜面吧！不知有没有。”

画师临走，给了伊两千元钱。伊本想去一趟邮局，把钱寄回去，因伊一心念想着父亲的病情。后来一想，也不在乎这么几天了，就把钱暂时保管了起来。

大年廿七上午，茶楼终于放了假。一年来的生意不错，老板娘除了发给工资外还另派了红包给姐妹们，姐妹们很高兴。终于可以回家了，伊去采买回一点年货，简单地收拾了行李后，往长途汽车站赶去。

车站里人山人海，许多人跟伊一样，急着想赶回家。售票处排起长长的队伍，伊拎着包裹排在队伍后面，一点一点往前蹭。这是个公平的场所，有几个抢着挤到售票窗口去的主，被后面愤怒的吆喝声骂了回去。人们遵守着不成文的规矩：先来者先得。许多人因买不到火车票才不得不来坐这里的班车，班车发往省内各大城市，虽然票价贵点，但为了及时回家，多花点钱算得了什么呢？伊看着身边急吼吼的人群，心里稍感释然，毕竟自己家乡在本地，路途不是那么遥远。

等伊终于买到车票，一看墙上挂钟，时间已过去一个多小时，而班车要午后才发，上午的那趟已错过了。

伊踯躅在候车室门口，候车室的深色玻璃墙，如同一面镜子，映出伊的身姿。伊看着镜中的自己，亦已不复当初进城时的模样。

时间慢慢过去，伊留意着三三两两的人群，心里有点点期盼，期盼能遇到一个家乡人，却始终没能遇到。

临上车前，感觉肚子饿，伊去小店买了串豆腐干。豆腐干上的辣椒酱，辣得伊龇牙咧嘴，直到上车后身子脸颊还在发烫。

沿途，班车停靠几个站台，人员一批批下了车，少有上来的。驶入山区后，车内空旷许多。

终于到了乡里，伊下车后，急急地往道坞岭方向赶，根据经验，赶回家估计天要擦黑了。

站边一块空地上，停着几辆摩托车，伊路过时，其中一辆“唰”地驶了过来。

“嗳！要送么？”骑车的中年人问道。

伊扭头看了眼，见他穿着身土黄色的夹克衫，模样不恶，于是问：“去道坞岭多少钱？”

“你是去紫阆吧！”中年人憨厚地笑了，“我女婿就是紫阆人，论起来咱们可能还是亲戚。这样吧，算你三块钱，就当是给我的油钱。”

“好吧！”伊跨上了车后座。

“抓紧了！”骑车人不忘提醒一句。

这时，空地上几个人大声喊：“哈哈！福海！好艳福！”

“回去告诉你家黄脸婆去！福海跟一个大姑娘跑了！”

伊憋不住笑，叫福海的骑车人回头大声应道：“回家抱你媳妇乐去吧！”

不长工夫，车到道坞岭脚下。伊看到采石场的豁口更大了，豁口附近，搭着一长溜窝棚，那是石匠们的居所。伊想，仲武走后这采石场，不知又被村长承包给了什么人。

伊攀上道坞岭，一心想着能赶快回到家。家，一个多么熟悉的字眼，现在，只要翻过面前的两座山就到了。

伊翻过向天岭，抬眼望去，面前又现亲切的土地……伊下到岭脚，穿过桃源坪，走上了青石板的小石桥，伊向下游望去，吊脚楼焚烧后的灰烬还留在溪畔，想来水根叔是不会回来过年了。伊暗地叹了口气。

天色尚早，伊刚到院子门口时，闻到一股浓烈的中药味。透过房门，看见父亲正躺在藤椅上闭目养神。伊进屋后放下包裹，过去俯在父亲耳边，大声叫了声“爸”！

父亲一激灵，睁眼见是女儿，流露出欣慰的神色，从椅子上欠起了身：“娟娟啊！你回来啦！回来就好，回来就好。”

伊将包裹放下，搬把小凳子坐到父亲身边，看着父亲清癯的脸庞，关切地问：“爸！你又瘦了，妈呢？”

“你妈串门去了，前几天你弟弟也回来了。”

“弟弟也回来了啊！”伊真高兴。

“是啊，一家人算是团聚了。知道吗？春兰和王涛两家人都像亲戚一样在走动了，说是只等王涛退伍回来就完婚。”

“是嘛。”伊为儿时的伙伴终成眷属而欣慰，又感到一阵莫名的失落。

“娟，你也不小了，有合适的人家没有？你看人家仲武——”父亲住了口。伊知道仲武的事。前些年，仲武的采石场爆破失误，炸死两个人，赔了一大笔钱。坊间传闻，说是采石场炸石头惊动了龙脉。仲武心灰意冷之下，便关停了采石场，安安稳稳回家待了段时间，干起了运输。上月初，仲武的媳妇生了对龙凤胎，村长大人高兴得在自家门口放起了烟花，满月时还在祠堂里大张旗鼓地摆了十来桌酒席，比当初仲文中状元时还热闹。

“爸！我去找我妈和弟弟去。”伊不想和父亲讨论这个问题，站起身出了家门，还没走出院子，母亲回来了。

母亲挎着一竹篮鸡蛋，伊上前接过手，母亲笑说：“我说呢，刚才春兰还跟我提起，说你这几天肯定回来。”

“妈，爸的病怎么了？”伊担心道。

“这段时间一直在吃中药，比上半年好多了。多亏王老师给开的方。”

听了母亲这番话，伊心头放宽许多，看了看竹篮说：“买这么多鸡蛋啊！”

“自家留一点，其余的给王老师送去，过年了，咱也没什么可谢人家的。”

晚饭时，弟弟回来了，弟弟进门喊道：“姐！姐！”

弟弟皮肤白皙，出落得像个城里人般，伊笑道：“过来，让姐好好看看！”

“看什么啊！给我带什么好吃的没有？”弟弟没理会，顾自走到桌子边，从包裹里翻出一件毛衣和一盒龟鳖丸。

“没你的东西，下回去上学到县城再给你买。”

“说话要算数的哦！”

“平时用着姐姐的，回来还要这要那的，像什么样！”父亲在旁不满道。

“等我毕业了自然会还的，这叫先期投资。”

“说是说不过你的，谁叫你现在是大学生，本事没一点，倒学得油嘴滑舌了。”母亲疼爱道。

一家人围坐饭桌边，伊想起了秀姐，这些年没讯息，不知过年会不会回来，于是问：“妈，有秀姐消息没有？”

“前段时间好像寄了回钱来，具体多少也没数，人家保密呢！怎么？你们后来没联系过？”

“没有，一直没消息，不知咋样了？”

“听说那个男的要大她十多岁，两人还在那边买了房。”母亲道。

“嗳！十多岁算什么？人家老头子还娶小姑娘哩！”弟弟作答。

“哦！那过年估计是不会回来了。”伊本想说那男的自己见过，看上去有四十多岁，不过没说出口。

“什么买房？那叫金屋藏娇！现在的老板都这样。”弟弟似乎见多识广，好在父母亲并不知道金屋藏娇是什么意思。

伊瞪了弟弟一眼，弟弟才没胡言乱语下去。

伊在村子里转悠时，遇见了村长。几年过去了，村长还是以前的村长，看上去一点不见老。

村长停住脚步，笑眯眯地说：“是娟娟啊，模样儿越来越俊了。”

“伯！仲文回来了么？”伊问。

“回来了，到他哥那里去了。这不，仲武还捎信过来让我老两口去他家里过年哩！”村长像炫耀似的，“知道么，咱家仲武在乡里造了三间大洋楼，装潢得跟个皇宫差不多，一只大彩电，就占了半面墙。”说这话时，村长的笑容更灿烂了。

“哦！伯，那你得赶紧走，后天就过年了啊。我去看看春兰。”伊说完，往春兰家走去，村长的话伊没往心里去。

春兰正在家中试穿一件绛红色的羽绒服，见到伊进门，高兴地迎上来，在伊的面前转来转去，一个劲问：“怎么样？看我这身衣服怎么样？”

“蛮合身的。”

“王涛寄给我的！”春兰眉梢带喜。

“看不出他还蛮会买东西。”

“他会买东西？鬼才相信哩！”

“哦。对了，明年你们厂子几时开工？”

“明年？不知道，明年我不去了。”春兰害羞地瞟了伊一眼，“我给你看看照片，对了，他还在信中问起你来着。”

照片上，春兰带着甜蜜的微笑和表情严肃的王涛相偎在一起。王涛穿着绿军装，显得英姿飒爽，不知怎么的，伊看后心里竟有点酸溜溜的。是的，从前自己与王涛，两人心中都曾隐隐有过那么一点儿感觉，如果自己没去城里，或许会有另一个结局，可惜，一切都失之交臂了。

“娟，近来可好？”春兰关切地问。

“还是老样子呵！没什么好不好的，现在的工作倒不怎么辛苦。”伊扬了扬手中照片，装作不经意地说，“这照片能送我一张么？”

“你拿去好了，我都洗了好几张。”春兰答道。

伊发现，以往的朋友一个个都结了对。村子里，再找不到一个可以倾诉的对象，这让伊颇为苦恼而又无可奈何。

伊瞅个空，把钱交给了母亲，母亲不肯全收，让伊自个儿也留点。伊说：“我有，这钱留着给爸看病吧，还有，弟弟去读书也要花费的。”

母亲又高兴又心酸：“娟娟啊，你看你都成了家里顶梁柱了，看你弟弟将来争不争气！好歹再挨个两年就毕业了。”

“妈，弟弟那儿多给点，让他自个儿买点喜欢的东西。”

春节来临，天空飘起了雪花，纷纷扬扬的雪花给原野披上了一层厚厚的绒毛，整个一个晶莹洁白的世界。

正月初一，一家人去了相公殿，在熙攘的人群中，伊双手合十，虔诚地做着祷告，祝愿着父亲、母亲和弟弟，祝愿着自己的亲朋好友，也祝愿着自己无可名状的将来。

这一场雪，到伊离家时还没融化。

21

小城里，林立的脚手架和有序的红绿灯、整齐的绿化带、流来流去的车辆，成为视野里的一道风景。一些旧的景观渐渐消退，渐渐淡出了人们记忆。伊知道有些东西是不可挽回的，就像已经过去的岁月。

老板娘开始考虑要不要再改建几间棋牌室，以满足日益增多的牌友。在经过仔细的规划与筹备后，请来一帮小工对二楼重新进行了装修，同时，也给下面的人放了三天假。

中午，伊闲着没事，想去找春兰。刚迈出屋门，忽然记起：春兰今年不是不来城里了吗？自己还去找？是的，春兰不在了，秀姐也走了，经历过的一段情爱，也只是一场可怕的噩梦。人间事聚散无常，伊想起相处过的姐妹，心里总有种说不出的惆怅。走出胡同后，漫无目的地沿人行道走去。

香园大酒店的生意异常红火，尽管是大白天，但三层楼面的每扇窗户里都透着灯光，挂满宫灯的大门口停满一长溜汽车。

茶

伊留意了番，发现小汽车的牌号多在百位数之内，听经验老道的秀姐说过，如此牌号的多为政府用车。

穿过暨阳桥，走着走着，伊看到眼前的几幢楼宇格外熟悉，原来是到了浣纱画室附近。伊起了去探视一番的念头，便往楼宇间的小巷挪去，没多远，来到一堵围墙前。

小院的门虚掩着，门上挂了把锁。透过门缝，可以看到里面的景物依旧，伊不作过多停留，回过了身。

伊出来闲逛本无目的，此刻随意朝小巷深处走去。走没多远，脚下已成一片乱石堆砌的坡地，不知以前曾有过什么样的建筑？绕过去，眼前又现一口池塘。池塘很小，四周有被填埋过的迹象。在瓦砾堆里，伊觅到一块残破的石碑。伊蹲下身，拿手轻轻拂去面上的灰土，石碑上显出三个描红大隶书："琵琶湖"。伊推测这口池塘的前身，应是形如琵琶的大湖，从水面上残存的荷梗，可以想见当年绚烂的景致。可惜，时过境迁，湖已不在。

茶楼重新开业。天高气爽的下午，一个高个子的年轻人进了门，熟门熟路地往楼梯上走。吧台里的胖妞喊道："喝茶下面，喝茶下面！"

年轻人住了脚，回过头来满脸疑惑地问："怎么？楼上客满了？"

“我说下面就下面！”胖妞用命令的口吻喊。

伊刚从棋牌室出来，这会儿站在楼梯口说道：“楼上改成棋牌室了，喝茶只能在下面。”

年轻人微笑着朝她颔首，转身下了楼梯，进了致远居。

伊跟下楼梯，过去问他：“请问喝点什么茶？”

“来杯西湖龙井。”年轻人脸上笑意盎然。

这人怎么这么爱笑？伊觉得奇怪，泡茶时不由多瞟了眼，见他面容白皙清朗，挂着副揶揄的微笑，模样似曾见过。

伊将茶杯端过去时，那人伸手一把捏住了伊胳膊，笑道：“怎么？不认识了？”

听到这话，伊再仔细一打量，不由“扑哧”笑出声来，原来是画师！

“弄得这么清爽，谁还认识你呀！”伊笑道。画师剃去一头长发，嘴唇上的八字须也刮得精光，显得年轻而清朗，还带着付眼镜，完全不是原先的邋遢样。

“理了没多久，嘿嘿！”画师不好意思地挠挠头皮。

“回家住了这么多天啊？”

“是啊，难得回趟家，总得好好陪陪父母。”

“你慢慢喝，我先得去干活。”伊提着水壶准备走开。

“晚上我来找你？有空吗？”画师殷切地问。

“我们下班很迟的，后天吧，后天下午我过来好了。”

星期天下午，伊走进浣纱画室时，没有闻到以前稔熟的香味。

画室里，画师专注地润着笔。伊如往常一样，轻轻敲了下门，画师听到响声后转过脸，微笑道："来啦？"

画师起身给伊泡了杯茶，嘴里道："这是家乡的茶叶，我自己还舍不得喝呢？"

伊笑道："总算在这儿可以喝到开水了。"

"托你的福，托你的福。"画师笑着回应。然后，一本正经地看着伊，"我洗手不干了，准备干点自己的事业。"

伊知道他的意思，是不想再作伪画了，于是高兴道："是呀！像你这样，得画点自个儿的东西。那些假画，骗得了一时，总骗不了一世。"

"说得很有道理，不枉相识一场。"画师感慨道。

"怎么样？今天带你写生去？"画师来了兴致。

"随你呀！你爱怎样就怎样。"伊当然同意。

画师让伊拿画夹，自己将一应画具装了包，出去后将物什都放进了汽车后备厢。

车过暨阳桥，越过环城线，向南驶去。约莫过了十分钟，便望见远处连绵的山峦，伊的一颗心不知怎么的突然揪紧了，问道："是去白云观吗？"

"是呀，那里风景好。"画师只顾开车，没留意伊的表情。

汽车穿越过农田，停到小山坡前，画师熄了火，说声“到了”，打开车门正要迈出脚去，扭头见伊坐在原位上没动，又强调了句：“到了，下车呀！”

迷惘中，伊被他的一声催促惊醒，抬头看了眼，嗫嚅道：“不去这儿行么？”

画师奇怪道：“怎么了？”

“没什么，能去别的地方么？”伊的口气像在哀求。

画师见到伊一副凄楚的表情，满腹狐疑地坐回原位，迟滞片刻后说道：“要不我们去勾乘山吧，离这里不远。”

画师所说的勾乘山，横跨诸暨、义乌两界，为当年越王勾践屯兵之所。近年有村民在勾乘山山坳里挖出大量箭镞矛戟，可见传言非虚，后人赞道：苦心人，天不负，卧薪尝胆，三千越甲可吞吴。

伊摇了摇头，轻声道：“回去吧。”

画师掉转车头，一路上两人不再言语。

车沿着南环线，驶过三踏步，越过浣纱桥，再往左拐弯，停在一座大殿门口。这回，画师没有立即熄火，而是小心翼翼征询意见：“这儿怎么样？”

殿门上题着三个鎏金大字“西施殿”，伊知道这是美女西施的纪念馆，颔首表示同意。

话说当年，为重建西施殿，政府一声呼吁，本地民众热情高涨，围廊上的石雕花窗、楼阁上的牛腿、雀替等饰件都是民间所捐。如换现在，民众的经济意识空前增强，政府想再享用这份免费的午餐那是难上加难。

画师将车泊好，前去买了门票，两人带了一套画具迈进红漆大门。

迎门一座红粉池，一汪绿油油的池水了无生趣，池壁正面，雕刻“耕读传家”四个字。红粉池，是西施殿唯一留存下来的古遗址。红粉池靠右，穿过门廊，绕过沉鱼池，便是正殿。两人过去时，一名工作人员正往青石板上摊晾一堆湿漉漉的硬币。伊探头一看，发现沉鱼池的池底还躺着不少枚，估计工作人员所摊的正是从池底打捞而来。大殿正中蹲坐着荷花神女像，后世的百姓总不免赋予这位绝色美人诸多传说。但传说归传说，倒是中庭掣柱上的对联，读来让人感慨：“驻节观风，想当年名娃粉黛，国士风流，俯仰千秋人物；飞觞醉月，问门外山色苍茫，溪声幽咽，浮沉几代兴亡。”

从正殿的小门出去，依山的坡度建有一长溜碑廊，石碑上镌刻着历代文人骚客颂扬西施的诗句。沿途的苎萝亭、夷光阁等，造型别致，却总欠缺番古韵。最后，两人来到出口处的荷花池畔，伊倚靠着块玲珑的太湖石稍作歇息，待心跳稍稍平静后，问道：“还画吗？”

听得此言，画师莞尔一笑：“今天算了，这儿荷花开时还是蛮好看的！”

“过几个月再来好了！反正荷花年年开的。”伊道。

傍晚时分，两人回到画室，画师看了眼墙上的挂历，对伊说：“你先坐会儿，我出去一趟。”伊点了点头。

伊听到外面发动机响，不知他干什么去了，便随手翻看起壁柜上的画册来。这些画册都很精美，有油画与塑像，一幅米开朗基罗的大卫看得伊脸红心跳。确实，自然的人体是最美的。画面上那些结实的肌肉、光滑的线条，在光线映衬下，显得美轮美奂……伊似乎隐隐理解了画师的感悟。

一会，画师进了门，手里捧着束玫瑰，红艳欲滴的花朵。画师上前来，将手中花朵往伊怀里一塞，伊鼻子中顿时嗅到股幽幽的清香，双颊也被花朵衬得艳红。

“干吗送我？”伊按捺住激动，问道。

“今年的情人节错过了，今天算是补给你的。”画师笑吟吟地作答。

情人节？是的，前些天听秋艳提起，当时自己并没往心里去，甚至有点讨厌这名字。对伊来说，任何感情方面的用词都会触痛自己，伊的心灵深处已是重门叠户。此刻，手捧这一大束鲜花，伊还是被感动了，毕竟，伊还年轻，优柔的心思亦被再次唤醒。这是第一次有男人为自己过情人节，而且，面前是一个不设防的男人，他的爱与哀乐表现在外面，没有任何隐瞒，这是伊欣赏的地方。

画师从后面拥着伊，俯下脸颊，轻轻摩挲伊的香颈。伊微翕双目，头脑开始混沌，不由自主地迎合着他的抚摸、他的亲吻……画师激动地抱起伊走向床铺，伊嘴里嘟囔声“不要”，想要拒绝浑身却没有力气，心中隐隐起了股原始的骚动。

床上，画师手忙脚乱地褪光了两人的衣褂，弯下腰去正要有所动作时，忽然住了身，拿眼睛定定地饕餮着伊光洁的胴体。看了会儿，画师似乎泄了气，只俯身下去紧紧搂着伊，像搂抱着一具玛丽亚的躯体。

夜色慢慢降临，伊躺在他怀里，呼吸着他的气息，没有害羞，也没有欢乐。身边这具成熟男人的躯体让伊感到踏实，但伊心里清楚，这不是爱，或许，仅仅是身体的饥渴，说不清什么原因，或许生活本身就不需要原因。

画师双手紧紧搂着伊的身体，眼睛紧闭，似乎已经入睡，但伊从他激烈的心跳声中觉得他并没有入睡。伊没合眼，呆呆地仰望着头顶一根根老旧的木椽。黑暗中，伊转动下眼珠，目光掠过这间散发着淡淡纸墨清香的画室。“我为什么睡在这里？他是谁？”伊想，“或许算是萍水相逢，但我对他又了解多少呢？为什么他说爱我？仅仅是我像他的同学，还是……”伊头脑中有点乱：“我爱他吗？我不爱他为什么要睡在这里……”伊扭头看着画师清朗的脸庞，脸上露出些许爱怜的笑意："或许这就叫缘分吧？这人想什么说什么，从不隐瞒自己的好恶，对我，像老朋友一样说话，真奇怪。嗯，模样倒蛮俊的，以前怎么这么一副打扮？一点不顾及自己的形象……"

这个长夜，伊想得很多，后来，两人都进入了香甜的梦乡。拂晓时分，伊被身上激烈的动作弄醒，伊在迷糊的甜蜜中，迎合了画师的阵阵冲刺。

22

晚饭过后，陆续有三三两两的牌友走进"铭雅居"。来的人良莠不齐，但都有着一个共同的爱好。伊去泡茶时，从他们的衣着打扮和言谈举止中大致可以确定他们的职业，这跟从前在"芙蓉阁"练就的判别力有关。

这天唯一的例外，是达夫哥也带了一名随从来喝茶。在伊记忆中，达夫哥并没有晚上来喝茶的习惯。两人在澹泊居落了座。伊刚从楼上下来，出于礼貌，过去给两人泡了茶，并端上一盘水果拼盘和几样精致的点心。同以前一样，达夫哥脸上看不出任何异样的表情。

过会儿，又有客人进来，一股脑儿坐在“澹泊居”隔壁，其中一个喊："老板娘，拿两副扑克牌来！”达夫哥听到背后喊声，面无表情地回看了一眼。另一名服务员忙过去招待这些人。伊刚忙完一阵，便静候在吧台迎客。

一切分外平静，楼下的客人聊着天、喝着茶、打着扑克。晚晴亭里传来声声悲壮的唱腔，伊凝神聆听……突然，几乎不约而同地，打牌的四个人站了起来。其中一个掉转身，探出双臂，从背后一把箍住了达夫哥的脖颈，另外三个快步绕过去。达夫哥没来得及反抗，一支黑沉沉的家伙已顶住他脑门，他的随从也同时被制服，各被铐上了锃亮的手铐。

伊睁大眼睛看着眼前发生的一切，吃惊得不知怎么办才好。

达夫哥的头被死死按着，跌跌撞撞地经过吧台时，侧头瞟了伊一眼，眼神中流露出想说什么的意思。两人被押上路边的厢式小货车，人员一上车，货车一溜烟急驶而去。

这一切发生在一两分钟时间里，没有喧哗，没有争斗，楼上的牌客根本没觉察到什么事。

伊回宿舍时，楠楠已经睡了。伊的心忐忑不宁，躺上床后，犹自翻来覆去地睡不着。后半夜，秋艳进了门，伊留意着，听得床那边没闹出什么动静，猜想秋艳还不知道茶楼的事。

随后，在黑暗中，响起一阵低低的抽噎声，原是秋艳躲在被窝里哭泣。不知怎的，伊心里升腾起淡淡的愧疚来。

伊从床上直起身来：“秋艳姐，达夫哥不会有事的。”

伊劝后没见什么动静，过一会儿，秋艳的哭泣声消失了，伊只得重新躺回被窝。老宅黑压压的天花板，在黑暗中变幻许多鬼魅的图案，让人心里发凛，伊久久难以入睡。

第二天起床后，发现秋艳的床铺空着，估计已早早地出去了，后来一整天没见到秋艳的人影。茶楼里，老板娘的脸上没有一丝笑影，像在担心什么事。

天刚擦黑，门口来了两辆警车，冲进来七八个人，直接上了二楼。

棋牌室传出一阵桌摇椅子倒的响声，有人高喊：“跑了一个！跑了一个！”接着，由一名警察牵头，一串牌客从楼梯上鱼贯而下，每人都戴着副锃亮的手铐。走在最后面的警官面容凶悍，手提一只塑料袋，里面装的全是花花绿绿的钞票。

众人下楼后，警官将手中的塑料袋交给前面的同事，自己停住脚步，威严地朝吧台里一声吆喝：“谁是这儿老板？”

胖妞的脸都吓白了，站起身来求饶似的摇着双手：“不是我不是我！”

老板娘倒不含糊，这会儿大大咧咧地迎上前：“我是，大人有事吗？”

“走！”警官一把扳过老板娘肩头，一手似要从腰带上解手铐，老板娘平静地说：“用得着吗？我店都开在这儿，人还会跑吗？”

警官听后，弃了刚才的念头，拿手一推，喝道：“老实点！走！”

“妞！店里照看着，楼上暂时歇一歇。”老板娘吩咐胖妞道。又转过头来，对围观的服务员说：“你们打扫下卫生，早点回去吧，明天准时来上班。”说罢，老板娘昂首挺胸地走出了茶楼。

伊目送着警车消失在夜幕中。

隔天，伊见到了老板娘，大概是受到惊吓的缘故，老板娘脸容十分憔悴。伊得知茶楼因为提供赌博场所，被罚了五万元，这几乎是茶楼大半年的收入。而且得到的训斥是，如若再犯，就不单单是罚款的事了。

老板娘叫来几个木匠，将楼上的隔墙拆了，重新布置成喝茶的处所。六张还簇簇新的棋牌桌，也贱卖了出去。经此折腾，老板娘再提不起往日精神来。

秋艳走了，带走了一应物什。伊有一天回到宿舍，发现秋艳床铺上空空如也。秋艳去了哪里？茶楼里没人知道。或许回了老家？或许，去了另外一个城市打工？秋艳的不辞而别让伊感到悲伤。

其后一段时日，茶楼里门可罗雀。晚上，伊闲着没事，和胖妞在吧台里聊天，忽然看到悬挂在大厅里的电视机正播出本市的重要新闻，接着画面出现了车站广场上的公捕公判场面，达夫哥一行人被五花大绑押上看台。神情严肃的审判员在列举了犯人的一系列罪行后，开始宣判。宣判结果，达夫，作为本市黑恶势力的首领，被判决剥夺政治权利终身，执行死刑立即执行——摄像机的镜头，缓慢地掠过广场上群情激昂的一张张脸庞，似乎有秋艳的容貌一掠而过，又似乎什么也没看到。

绵绵细雨下个不停，天气稍感温暖，公园里的植被开始泛绿，这是开春的征兆。

伊打扫宿舍时，将秋艳落下的几件物什堆放在空铺上。伊的心里隐隐有种期待，期待秋艳什么时候能突然归来。

穿村的道路已修建完毕，下江东出现一条新的街道，大型的重载卡车时来时往，它们肯定又在别的什么地方劳作。很快，临街的住户破墙开出几家店铺，做起了小本买卖。

“铭雅居”外墙上，贴了张转租告示，老板娘对继续经营失去了信心。

“你们，想留就留着，工资会按日算给的。若有好的去处，通知我一声，工资来结结清，咱们好聚好散。”老板娘这样宣布。

这帮姐妹，未到最后分别时刻，都没打算离开。这一方面是因为老板娘的人缘，另一方面，宿舍的承租期还有两个多月时间。

连续两个星期，都没见到画师人影，倒让伊平添了几分思念。伊不知道他在做什么，或许是忙于创作吧？“为什么不来看我一下呢？”伊想。

对画师，过后伊一直怀着十分模糊的情愫，虽然相处过一夜，虽然两人曾彼此拥有，但过后再想想，一切都不是那么回事。“要不，这些天他怎么不来看我呢？”

第三个星期，伊终于按捺不住思念的心情，空暇去了趟浣纱画室。走进院子时，发现画室的门敞开着，伊又见到了那头长发。

“原来，他一门心思在创作呀！怪不得。”伊近前，微笑如从前一样轻轻敲了下门。里面的人听到响动，转过头来，却不是原先的画师，只不过头发有点相似。“哎呀！画师不是理了发吗？这么短时间哪有长得这么快的！”伊知道自己看花了眼。

“你是？哦，进来吧！”中年人热情招呼道。

伊进去问：“原先的老师呢？”

“你是娟娟吧？跟画上面一模一样。”中年人没回答伊的问题，却一口叫出了名字。

“画师出国了，我是他朋友，他知道你会过来的。”中年人作出了解释，“他还托我带给你几样东西。”中年人从床角处提了只画框出来，伊认出正是那张《秋日》。画面上的自己穿着青花布衣褂，双手交叠、自然摆放在膝前，目光平和地注视着前方。但是，这幅画给伊的感觉跟以前见到时有所不同。伊仔细看了看，原来整张画面已被画师弄成褐黄的色调，整个风格给人一种犹如前尘往事的感觉。“估计又是用蚊香熏出来的”，伊心想。

“瞧瞧，所以我一眼就认出了你。”中年人将画框递给伊，笑道。

伊神情淡然地接过，中年人转身又从壁柜拿出一只礼品袋递给伊。伊低头一看，里面装着套青花布衣褂。

“出国去了，”伊嘀咕一声，转而轻轻问道，“什么时候走的？”

“哦，走了近半个月了。”中年人道，“他走前一再关照过我，让我把东西亲手交给你，你再不来的话，我准备送到茶楼去哩！”

“谢谢。”伊的神情有点落寞，道了声谢后，转身走出了画室。

伊回到宿舍，将画框靠在床沿边，从礼品袋掏出青花布衣褂来，发现衣褂里面还折着一个厚厚的信封，信封里装着一叠钱和一张纸条。

伊小心翼翼摊开纸条，上面是几行潦草的笔迹：“娟娟，等你看到这封信时我已不在这儿了。我去国外，一是想去寻找过去的爱人，二是为了实现自己的梦想。这段日子以来，你让我认识到一个人善良的本性，也让我有勇气重新去寻找失去的东西。或许我会找到雯，只要能找到，相信会挽回一切；或许找不到，那只能听天由命了。娟娟，你改变了我对艺术的认知，也改变了我对生活的态度，从你的身上，我学到了很多，在此，我要真心说声——谢谢你。”

看完信，伊脸上分外平静。是的，他走了，他为何不过来道别一声？怕我拖累么？不！我算什么呢？我没有前途也没有爱人，或许在他眼中，我仅仅是个路人，一定是这样的。未来的日子里，他还会想起我么？会的，毕竟发生在他身上的一切，因我而改变了，这中间，要涉及多少人和事啊！可他，就这样子走了。

伊走出宿舍，来到三棵梧桐树底下，慢慢将信纸撕成了碎片。轻柔的风吹过，拂动梧桐树的枝条微微荡漾，伊举手一抛，纷纷扬扬的纸屑在风中翻飞，转而飘落一地。

傍晚，伊去小店里买了袋方便面。瘸腿的店主找零钱时，伊看到柜台上摆着一些香、蜡烛等祭用品，不由心中一凛："叔，今天几号？"

"四月五号，明天就是清明节了。"店主随口答道。

23

“清明正当今月夜，风光别我苦吟身。共君今夜不须睡，未到晓钟犹是春。”清明之夜，月华如练。晚上，伊烧了两壶热水，清洗了全身，清洗完毕，拿秋艳的吹风机吹干了一头披肩发，然后将剩余的脏衣服洗了。

窗外，朗月在天。伊拎着小包，轻轻带上房门，往大街上走去。

“英台说出心头话，好比那万把钢刀刺心怀。想从前，钱塘道上初相会，在草桥双双同结拜。三年同窗情似海，朝朝暮暮常挂怀，十八里相送送她归，她是一片深情对山伯。她叫我牡丹花好赶紧采，她叫我牛郎织女把鹊桥会，她叫我土地堂上成双对……”晚晴亭里的唱腔如昨。

沿滨江路往南，街道上人来车往，演绎着各自的生活。伊知道，知道所有的人都有自己的一条运行轨迹；在这条轨迹上，接触着一些人、一些事，构成了各自生活的全部……伊边走边梳理着自己的思绪。

慢慢地路过了太平桥，桥面上的灯光依然璀璨，已经离去的，还会再来的，都迈着自己有条不紊的脚步，生活还会持续。这个夜晚，一路走去，伊的心情沉重而悲哀，为着心中逝去的过往。

滨江的大叶榕抽出了细小的绿叶，它们一年开始一段生涯，遗忘掉过去的全部，而人却不能。人既不能消除记忆，也不能对记忆中的某些事物作出解释，于此只能选择遗忘。伊知道，人要完全遗忘是不可能的，它会在不经意间流出来，流出来，告诉自己，过去并未完全过去，至少在某个尘封的角落还烙着印记。

行进时，伊目光停留在一把石椅上，让伊感到熟稔的不是石椅本身而是它周遭的风景。“我对这个城市没什么感情。”那晚，冯军在这里向自己讲述他的过去：“但过后想想，毕竟，我是喝着浣江水长大的。”冯军过去生活的不幸，赢来了伊深深的同情。皎洁的月光泻下来，铺满了整个城市，冯军的额头也显得平静而皎洁。是的，幸福来之不易，这是两人的共同感触。因为深知来之不易，所以彼此都懂得用心呵护，在呵护的过程中享受着生活的乐趣。

临街一排高耸的楼房，遮挡了背后低矮的平房，这是上江东，这里的原村居民面临和下江东人同样的问题，若干年后，旧时家园将湮没在记忆里。这些新建的楼房，这些冷漠而森严的框架，让伊感到压抑，它们富丽堂皇的外表，如同城里人光鲜的衣裳，表面一派风光。

继续往前，可看到江面上浣纱桥的剪影。浣纱桥的东麓，屹立着浣纱亭，只要不倒塌，千百年后，这座亭也会成为小城的一处古迹，就像晚晴亭一样。

伊来到滨江路与浣纱桥交界的三岔路口，循着记忆里的影像走到一处路基边。清朗的月辉下，伊动作缓慢地从手提包里掏出三支香，摸出一只打火机来点着火。

有三点猩红在眼前闪烁，伊默立片刻，弯腰将它们插在一棵大叶榕下。伊挪开脚步，站在不远处，静静地注视着几缕青烟升起。

青烟袅袅地升起，不断扭曲着身姿，眼前的一切似乎模糊起来。袅袅青烟中，伊看到一个熟悉的身影向自己走来，面容一会儿模糊一会儿清晰，似冯军，又不确切……袅袅青烟中，浮现出熟悉的小山村——一个个熟悉的人影晃来晃去，童稚的笑声回荡在桃源坪上，“这原是我最美好的日子啊！”幽幽的叹息伴随着若耶溪的水声潺潺，接着，目光沿溪溯回，慢慢爬向藏绿山……什么样的鸟儿在丛林中欢快歌唱？画眉还是鹩哥？什么样的花儿在山峦上次第开放？杜鹃还是野玫瑰？面前的一切越来越模糊……“是的，我相信，至少在一起时他是真心的……人的内心到底隐藏着多少秘密？或许，只有天知道！”一条小船悠悠，从曲折盘绕的群山深处漂来，从岁月的幽暗角落里漂来——小船缓缓移动，溪水潺潺流动——刹那间换了场景，江面上百舸争流，桨手们你追我赶，不断响起呜呜的号角，不断响起咚咚的鼓声，旌旗喇喇，众声喧哗……腾地，一切都消失了，大船不见了，声音不见了……许久许久，在一片极深极细的寂静里，传来一声撩人的唢呐声，伊的眼泪随着这一声响，不由自主地流淌下来。“是的，至少在我，不会再有什么怨恨！”

透过树枝间的罅隙，伊看到天际黑漆漆的苎萝山，保持着亘古的安静姿势；伊看到山脚下的万家灯火，照亮了角落里蚂蚁般涌动的人群，他们正带着他们无止境的欲望在忙碌。青烟继续升起，努力想往城市的另一边飘去，但是起了风，风将伊额头的一缕秀发随意拂弄，也一股脑儿吹得青烟无影无踪。接着，在幽明灰暗的夜幕下，城市的中心升腾起一股蒸岚。伊注视着这股蒸岚慢慢扩大、成形，最后，如抬高的海平面一般迅速吞没了整个城市，并带着它胜利的微笑向大地的纵深呼啸而去……

伊吃惊地看着眼前发生的一切，知道这股蒸岚必将穿越家乡的丛岭，必将跨过桃源坪，也必将沿着若耶溪幽深的岫谷前行。蒸岚所过之处，大地披上新绿，河流恢复生机，所有腐朽的房屋和肮脏的角落被一扫而光……但是，为什么眼前的一切像隔了一层翳？将记忆无情地阻断在视线之外？

青烟继续升起，面前的景象一会儿清晰，一会儿模糊……伊仰起头，将目光投向沉沉天际。伊看到巨大的苍穹中闪烁着点点星光，明月泻下的光芒，透过缥缈的浮云照亮大地。忽然，天际冉冉划过一颗流星，流星在夜空中拽出一条漂亮的尾光……伊呆呆地仰望着，眼前浮现出画师的面容。对画师，此刻伊倒有着一丝淡淡的念想。伊知道自己只是他生命中的一个过客，而对于自己，他又何尝不是呢？“但人！为什么一定要这样去做呢？”

面对满天星辉与朗月，伊的心情逐渐平静下来。此刻，站在肃穆的天地间，伊感知自身的渺小，如同周围的尘埃与空气。就在这不可知的恍惚中，伊的耳旁又回响起捡破烂老人的话：“人哪！得为自己活着！”眼前的一切开始变得清晰起来，树是树，桥是桥，栏杆是栏杆……伊知道，知道身边的每一个角落，都爬满了岁月的皱痕，即使树木夭折，房屋化为齑粉，但，每一棵新生的草木、每一粒细小的尘埃都留存着过去，过去不会消亡，它会传承下来，就像人的记忆，这逝去的记忆将铭刻在心灵深处，层峦叠嶂，构成生命的全部。“是呀，路还长着呢！”终于，伊的脸上露出了一副恬静的笑容，感觉有新生的力量从心底重新滋长出来，浑身充满与生俱来的喜悦。

三岔路口响起一阵清脆的笑声，一群背着包裹的小姐妹欢喜雀跃地路过伊的身边，如同伊初临这个小城时的样子。

《清明》读后

我的一些文学上的朋友们为写作的技艺所困。他们之中有一些人执着于寻找玄妙的开悟，认为最好的作品永远不可能以文字的形式呈现，一旦形成文字，便是落了下乘。另一些人则挖空心思去设计作品的结构、情节、叙述方式，希望通过一次次语体实验来更加接近心目中的完美。

在我看来这两类人的努力都如同希绪弗斯的徒劳，尽管我丝毫不怀疑他们之中会有人成为真正的小说家，直到我看到这本《清明》。作者阿惠带来与当下文学环境颇为不同的舒缓节奏，以往的阅读经验在此失效，成为主体的是强烈的不确定感和一种原乡的渴望。

《清明》是阿惠的第一本长篇小说。他用如诗的文字，重现了 20 世纪 80 年代改革大潮来临时江南乡村的变局，田园牧歌式的传统在大时代中摇摆不定，渺茫的个人身处其中激荡着迷茫与希冀。

在我看来，阿惠的叙事野心庞大而不露痕迹。如果读者看前面三分之一就认为这是一部类似普里什文《鸟儿不惊的地方》那样的作品，那可真是陷入了作者的圈套中。

小说的前三分之一，阿惠并不急于推进故事。他负气般用大量的文字来描述一个几乎固定在停滞的时间中的乡村，读者借此触摸到那个年代江南小村的静默和柔美。他笔下的紫阆宛如仙境，空气中充满了湿漉漉的氤氲潮气，石板路的远端传来嗒嗒的脚步声，若耶溪上的水车日复一日咿呀作响……犹如一幅水墨的山水长卷跃然纸上。

我不知阿惠是否深受现代主义法国作家的审美滋养，但这样的笔调背后深埋的是忧郁的潜流。理想的旋律的表现方式，常常是忧郁被暂时遗忘，忘却忧郁而沉浸在此刻的永恒中。现代艺术具有张力的两面，一面是永恒，另一面就是突变。这直接承接现代主义法国的审美偏好而来。阿惠描摹了多么广袤的永恒之沉静，就凝聚了多大的力量为突变做铺垫。

小说三分之一后，主人公王小娟离开乡村来到城市。城市所代表的布尔乔亚式的时尚和浪漫，让阿惠笔下的主人公为之震颤，抗拒与沉溺是那么轻易而难以言说。利益、阴谋、情爱，如同巨大的漩涡将她裹胁。一开始向往现代的城市生活，而投身其中才体会到无望与厌恶。阿惠在文字层面述说的是个人在改革到来时候在两种冲突的价值取向中的不确定；而在精神层面言说的则是人之为人，对"现代"这个哲学意义的反抗。在"现代"这种意识中，工具理性侵蚀审美，机械的价值观重塑人性的秩序。最后的反抗来得如弦破一般，铮然有声。

"青烟继续升起，面前的景象一会儿清晰，一会儿模糊……

巨大的苍穹中闪烁着点点星光，明月泻下的光芒，透过缥缈的浮云照亮大地。”小说的最终，阿惠让主人公走到一个三岔路口。她该往何处去？这是阿惠设置的终极问题，也是当代的小说需要廓清的重要问题。

2014 年本书出版前

陈文君　原红旗出版社责任编辑

后记一

我们生活在一个符号的世界里。

记得从学校辞职那一年，有了一段能够自由支配的时间后，便开始实施幻想中的小说创作。在几部被自己翻烂的书籍中，沈从文的《边城》是其中之一，而每次翻阅，让我诧异的是作品的生命力，在跨越了这么漫长的岁月后依然能够打动我心。

当我真正开始写作时，内心分外平静。随着故事的深入，自己也沉溺其中。在故事里，并不是刻意的安排，不自觉便将江南的一些风土人情融合了进去。通篇阅读后想必会有体味，也糅合了自身的感悟在里面。

现在回想起来，当时的自己压根儿没感觉是生活在幸福中。我有一个美满的家庭，父亲退休后赋闲在家，母亲退休后又在卫生院返聘上班，日子过得安详与从容。而如今，父亲已逝，初为人父的我也切身体会到父亲当年的不易。在那个狂热的年代，作为草塔中学的一名高级教师，父亲尽其所能教导学生，而罔顾尔虞我诈的现实生活。在我对童年有限的回忆里，父亲卧案哭泣的样子依然历历在目。也是在父亲病危时，母亲才哀怨出了实情——原来经常是，父亲呕心沥血把所在班的学生数学成绩带上去后，第二学期便遣他到一个差班去任教。在那个年代，作为一名负责人的老师，父亲肩头同时担负着工作与家庭的责任，压力可想而知，这也是他当年患上抑郁症的缘故。父亲清白一生，不媚权贵、无分贫贱，就像藏绿山的青山绿水一样，这，至今让我心存一丝慰藉。只是当时人不知，今日人已逝，原来过去平淡无奇的生活亦已成了生命里最珍贵的一段时光，烙在我心。

这部书稿改了多次，每次浏览，都让我内心平静。这期间，得到了前辈的一些教导，获益良多。在大兼溪的烟雨小楼，与萧白先生有过多次交谈。文章来自生活，是个性思想的感悟与表白。在了解了先生跌宕起伏的人生后，再来看他在台湾所写的带有浓浓乡情的散文，更有别样感触。骆寒超先生，曾多次给予我创作上的指导，作为当代文学评论家，他严谨的态度总让人心怀敬意。文以载道，他们的文章和处世态度潜移默化着接触过的人们。

这部作品，摒弃了以往自以为是的说教与经验，孰是孰非，还是留待时间去检验吧。

阿惠

2014 年仲夏

后记二

我又一次漫步在夕阳映照着的小山坡上，与儿时的玩伴一起。这种臆像总在不经意间浮现在脑海，伴随着岁月慢慢变老。

在再版之际，得空从头细细翻阅这本小说。当初在写作时，曾铺下几处伏笔，幻想着伊后来到杭城发展，以此展现出山村、县城与都市的一条脉络。结果是我自己在杭州晃悠了十多年，后续的写作却遥遥无期。一是自己再找不回过去那种纯粹的写作状态；二是这部作品再深入下去，已是波澜壮阔的改革开放年代，每个人都置身在时代的漩涡中，面对着一个光怪陆离的现实社会。乍遐乍迩，若浮若沉……偶尔在夜深人静、蓦然回首之际，在心际深处訇然作响的也只有那个裂变前夕的年代了——那是率真岁月留下的一点回响。仅此而已。

时代的变革伴随着人心的动荡，就像搅扰起一捧浑浊的泥沙，随着时光流逝，它会慢慢沉淀下去……浮光掠影间，映射出的，已然是我们的一生。

一部作品的表象，有各种表现手法，内在的东西潜伏在里面，若隐若现，就像一根无形的绳子，牢牢维系着我们的过去与未来。

最后，让我以多年前创作的一首小诗作为收尾。以此，向岁月致敬。

东归

——或称西游后记

晚霞满天　落日以她全部热情
妆扮着山河　你涉江而来时
风也萧萧　马也萧萧
你额上刀刻样的风霜　便是一部
无字的真经　在空苦的岸边
似一盏明灯照亮前方

当篝火升起　斜晖中你的身影
依稀可辨　风以无声的笑
追逐着他袖中的霞光　他的乾坤
风光旖旎　俨然美景
袈裟再旧　也是这个时令中
唯一的暖色了

蛮荒的歌声响彻了山峦　响彻了大漠
响彻了这皑皑的雪域　如瀑流般
雄浑激昂　东归的道路
曲曲弯弯向前方　伴随冬去

伴随春来——岁月的轮回

他的禅杖挑起了人类的苦难
芒履所过之处　有盎然的野花
盛放不败　长出的一枝常青藤
装点着万家灯火

在苦水岸边　时空回旋
他的身影在余光中慢慢浮现
仿佛在诉说着一个不老的童话
——有鸟语的地方就会有花香
　　有山　有水的地方就会有人家

阿惠
2024 年仲夏